용기의 쓸모

용기의 쓸모

초판 1쇄 펴냄 2024년 2월 5일
　　2쇄 펴냄 2024년 5월 24일

지은이 이옥수, 조규미, 강미, 명혜정, 최현주, 최은규

펴낸이 고영은 박미숙
편집이사 인영아 | 책임편집 김현정
디자인 이기희 이민정 | 마케팅 오상욱 김정빈 | 경영지원 김은주

펴낸곳 뜨인돌출판(주) | 출판등록 1994.10.11.(제406-251002011000185호)
주소 10881 경기도 파주시 회동길 337-9
홈페이지 www.ddstone.com | 블로그 blog.naver.com/ddstone1994
페이스북 www.facebook.com/ddstone1994 | 인스타그램 @ddstone_books
대표전화 02-337-5252 | 팩스 031-947-5868

ISBN 978-89-5807-002-3 03810

이옥수
조규미
강미
명혜정
최현주
최은규

VivaVivo 54

용기의 쓸모

뜨인돌

이옥수

청소년들을 '장단이 없어도 노래하고 춤추며 어둠 속에서도 빛을 내는 찬란한 이들'이라고 생각한다. 고려대학교에서 청소년 소설 연구로 박사 학위를 받고 대학에서 학생들을 가르쳤다. 작품으로는 청소년 앤솔로지 소설 『괴물이 된 아이들』과 청소년 소설 『키싱 마이 라이프』 『나는, K다』 『괜찮아 해피엔딩이야』 『개 같은 날은 없다』 등 여러 권이 있고, 『푸른 사다리』로 사계절 문학상 대상을 받았다.

기차가 달려간 곳에는

1

일단 눕혀 놓고 주먹부터 먹여야 한다. 어느 정도 주먹맛을 보면 더는 버티지 못하고 밖으로 튀어나온다. 주먹을 몇 번 더 먹인 후, 터진 입구를 벌려서 스프를 쏟아붓는다. 내용물이 잘 섞이게 흔들어 주면 입에 고였던 침이 꼴깍 넘어간다.

"한연우, 조회시간엔 좀 참아 주면 안 될까?"

나름 책상 밑에서 진행한 이 정교한 노동이 소리 때문에 또 걸렸다. 빠스락거리는 봉지 재질이 문제다. 일단 손을 멈추고 허리를 세웠다. 선생님이 입을 길게 다물고 한쪽 눈꼬리를 하강시키며 흐흠~ 한숨을 내쉬었다. 저 표정과 한숨은 '저 한심한 녀석을 어떻게 처리하지'라는 말과 다름없다는 걸 안다. '선생님, 저는 지금 비장의 양식을 준비 중입니다'라고 말하고 싶지만 꾹 참았다. 교무실 호출은 질색이니까.

"연우야, 아침은 집에서 먹고 와. 왜, 할머니가 아침을 못 차려 주시니? 좀 참았다 쉬는 시간에 먹으면 안 될까?" 선생님이 조심스럽게 질문과 대안을 쏟아놓는 것까진 좋은데, 옆자리 선생님들이 힐끔거리는 건 질색이다. 차라리, 왜 꼭 조회시간에 라면을 먹어야 하냐고 대놓고 물어보거나

8

야단을 치는 게 더 깔끔하고 부담 없을 것 같은데.

선생님은 절대 모를 거다. 나에게는 와작와작, 아침 대용으로 생라면을 씹으며 진심으로 응원해야 할 사람이 있다는 것을. 난생처음 타 본 서울행 기차의 비애와 내 두 눈으로 목격한 절망과 희망의 꼭짓점이 나를 한 뼘이나 키운 신의 한 수였음을.

2

KTX를 타기 위해 동대구역으로 달렸다. 주머니에 든 오만 원 권 두 장을 더듬어 보았다. 이거면 됐다. 한문 시간에 배운 새옹지마가 이런 뜻일까? 짜증으로 시작했던 하루가 이렇게 긴장감 넘치고 두근거리는 스펙터클한 날이 될 줄은 정말 몰랐다.

오늘 아침, 미처 눈도 뜨기 전에 할머니가 채근을 했다.

"연우야, 얼렁 인나라. 날 더워지기 전에 나서자."

"난, 안 가요!"

냅다 소리를 지르며 이불을 뒤집어썼다.

나는 정말이지 고모네 집에 가기 싫다. 재수 없는 성호 녀석 때문이다. 내가 왜 나보다 한 살 어린 녀석의 비교 대상이 되어야 하는지, 생각만 해도 자존심이 상한다.

"얼렁 인나서 가자. 어이?"

할머니는 기어코 내 방까지 들어와서 이불을 걷어치웠다. 눈살을 찌푸리며 마루로 나오니 머리를 단정하게 묶은 연서가 마루 끝에 오도카니 앉아 있다. 그 옆에는 농협에서 받아 온 노란색 마트 가방 세 개와 큼직한 보따리 하나가 놓여 있었다. 마당 수돗가로 내려가 세숫대야를 덜컹대며 신경질적으로 세수를 하는데 연서가 내려와 옹골진 주먹을 내 어깨에 메꽂았다.

"빨리 옷 갈아입어라. 할머니 속상하게 하지 말고."

연달아 날아오는 주먹을 팔꿈치로 내치고 뒤란으로 휙 돌아갔다. 할머니의 성마른 소리가 따라왔지만 들은 척도 하지 않았다. 하늘을 올려다보니 푸른 감나무 잎 사이로 햇살이 자르르 쏟아져 내렸다. 눈을 찡그리고 앵두나무 가지 사이로 폴폴 날아다니는 참새떼를 처다보다가 돌멩이 몇 개를 집어서 툭툭 던졌다.

"연우야, 이거, 고모가 니 주라카더라. 연서한텐 입 다물고. 늦었다. 얼렁 가자."

잰걸음으로 다가온 할머니가 내 트레이닝 바지 주머니에 오만 원을 급히 쑤셔 넣었다.

"너거 고모가 연우 니를 을매나 생각하는지 모른다."

나를 을매나 생각하는 그 고모 때문에 스트레스 받는다고요, 대꾸하고 싶었지만 주머니에 든 지폐를 만지작거리며 참았다. 고모는 만날 때마다 용돈을 챙겨 준다. 고모가 우리 집에 오는 것은 막을 수 없지만 할머니 따라 줄레줄레 고모네 집에 가는 건 또 아닌 것 같은데…. 그렇다고 오만 원을 포기할 수도 없다.

3

날이 푹푹 쪘다.

짐을 들고 정류장까지 걸어가는데 등에서 땀이 줄줄 흘러내렸다.

"아이고, 시원타."

버스에 오른 할머니가 가방을 내려놓고 땀을 닦았다. 연서는 할머니 뒤에 앉고 나는 맨 뒷자리에 앉았다. 고모네 집은 버스로 한 시간쯤 걸린다. 새벽부터 부산을 떨더니 얼마 지나지 않아서 할머니와 연서가 자꾸 옆으로 고개를 찧었다. 저러다 무슨 일 나지 싶어서 짐을 들고 앞으로 나가 섰다. 연서는 심지어 침까지 흘려 가며 자고 있다. 깨울까 하다가 손잡이를 잡고 의자에 바짝 붙어 섰다.

버스가 동대구역 앞 종점에 섰다. 버스에서 내려서 짐을 받아들었다. 고모네 집은 동대구 역 건너편에 보이는 신축 아파트다. 나도 어른이 되면 이런 도시에서 살고 싶다. 고모네처럼 엘리베이터가 있는 고층 아파트에, 넓은 거실과 깨끗한 화장실이 두 개나 있는.

"어디 보자, 우리 귀한 손녀."

고모네 집 거실에는 처음 보는 작은 사람이 포대기에 싸여 누워 있었다. 할머니는 함박웃음을 지으며 작은 사람을 안았다. 사람이 어떻게 저렇게 작을 수 있을까. 눈 코 입은 딱 인형만 했고 손은 단풍잎보다 작았다. 작은 사람은 눈을 감은 채로 입을 오물거리다가 하품을 했다. 신기하고 좀, 귀엽기도 했다. 나도 저렇게 작을 때가 있었겠지? 연서도 작았는데…. 갑자기 목이 턱 막히고 속이 쓰렸다. 지금 이 순간에 생각하면 안 되는 얼굴이 눈앞에 떠올랐기 때문이다. 혼자 있을 땐 괜찮지만, 지금은 안 된다. 나는 얼른 작은 사람에게서 눈길을 돌려 핸드폰에 코를 박았다.

"할머니, 나도 안아 보고 싶다."

"아서라, 떨어뜨리면 우짤라고."

연서의 말을 무시하고, 할머니는 고집쟁이처럼 혼자만 작은 사람을 안고 얼렀다. 연서가 입을 비쭉이며 작은 사람의 볼을 손가락으로 살살 만졌다.

"요새 장 서방 사업은 잘되나? 참, 성호가 안 비네."

할머니는 그제야 생각난 듯이 성호를 찾았다.

"학원 갔어요. 중학생 되더니 더 바쁘네. 주말에도 학원에서 산다니까요."

"아이고, 공부한다꼬 고생이 많구나. 이렇게 터울 많은 동생 볼 시간도 없이."

"그래도 그렇게 열심히 하니까 이번 기말고사에서 1등을 했지. 참 얼마 전에는 영어 말하기 대회에서 1등을 했다니까요. 1학년이 1등을 했다고 담임 선생님이 엄청 좋아하시더라고. 나중에 외교관 될 거라는데 두고 봐야죠."

"장하다, 장해. 우째 2, 3학년 다 제치고 1학년이 상을 받노. 참말로 대

건타."

할머니가 입에 침이 마르게 칭찬을 했다.

"고모, 우리 오빠야도 저번에 태권도 대회에서 1등 했다."

연서가 냉큼 끼어들었다. 나는 팔꿈치로 연서를 툭 치며 인상을 북 그었다.

"와, 연우도 장하네."

고모가 눈웃음을 지으며 손바닥을 마주쳤다.

"태권도 상만 받으면 뭐 하노. 공부상을 받아야재. 연우, 니도 성호처럼 공부 좀 해라. 맨날 그놈의 핸드폰만 들여다보지 말고."

그렇지 않아도 날이 서 있는데, 할머니의 타박에 열이 확 뻗쳤다. 이어질 레퍼토리도 뻔하다. 누굴 닮아서 공부는 죽어라 안 하고 블라블라…. 차라리 안 보고 안 듣는 게 낫겠다 싶어서 벌떡 일어났다. 급히 신발을 신는데 고모가 지갑에서 지폐를 꺼내들었다.

"연우야, 상 받은 것 축하해. 이건 고모가 주는 선물. 필요할 때 써. 참, 너 좋아하는 짜장면 시켜 놨으니까 멀리 가지 마. 곧 올 거야."

고개를 꾸벅하며 돈을 받았다.

"엄마는 왜 애 앞에서 타박을 하고 그래요."

"타박이 아이고 내가 속이 타서 그란다 아이가. 할매가 뭐라 카면 들어야지. 한소리 하면 입이 나와가…."

"저땐, 다 그래. 좀 크면 괜찮아져요. 그런데 요즘 오빠한테 전화 자주 와요?"

"가끔 전화는 오지. 어디, 객지에서 돈 벌기가 쉽겠나. 날도 더운데 우째 지내는지. 죽어도 힘들단 말을 안 하이… 그래도 돈은 꼬박꼬박 잘 보내 준다."

"우리 연우, 연서도 학원 보내야 하는데. 요즘 애들 다 학원 가서 공부 하잖아요."

"학원 안 가도 공부할 놈은 다 하드라. 우리 동네 도라지 밭 아들 보니 까 혼자 죽어라 공부만 하디 서울로 대학 안 갔나."

할머니와 고모의 이야기가 따라 나왔다. 엘리베이터에서 내리니 중국 집 배달통을 든 아저씨가 서 있었다. 짜장면 냄새가 훅, 났다. 다시 올라 갈까 하다가 그대로 삐딱삐딱 걸었다. 지난번에 왔을 때 연서랑 아이스 크림을 사 먹던 마트에 갔다. 아이스크림 한 개를 사서 놀이터 그네에 앉 았는데 연서가 뛰어왔다.

"오빠야, 짜장면 왔다!"

연서가 소리쳤다. 나는 막, 빼 들었던 아이스크림을 연서에게 내밀었 다. 연서가 내 옆에 앉아서 아이스크림을 먹었다.

"오빠야, 고모네 아기 진짜 귀엽재? 손도 발도 쪼꼬맣고, 나도 아기 때 그랬겠재? 엄마도 고모처럼 날 안아 주고 뽀뽀도 해 주고 그랬을까?"

연서 콧등에 땀이 송글송글했다.

"다 했다. 내가 다 봤다. 엄마가 너한테 하는 거."

"오빠야가 다 봤나? 엄마가 안아 주고 뽀뽀해 주면서 뭐라고 했는데?"

"모른다. 그걸 어째 다 기억하노."

내가 퉁명스럽게 말을 던지고 하늘을 올려다보자 연서도 하늘을 올려 다보았다.

"왜, 하늘에 뭐가 있는데…. 오빠 니, 지금도 하늘 보면 엄마 보이나?"

초등학교 3학년, 연서는 아직 어리구나! 하늘을 보면 엄마 얼굴이 보인

15

다고 했던 말을 그대로 믿다니, 하고 생각하는데 연서가 나를 빤히 쳐다 보며 타이르듯 말했다.

"오빠야, 엄마는 우리 뒷산에 있지 하늘에 없다 아이가. 아빠도 엄마가 뒷산에서 우릴 내려다보고 있다 안 했나. 그니까 그만 짜장면 먹으러 가 자."

그때, 불현듯 생각이 났다.

"연서야, 우리 아빠한테 갈래?"

"어떻게? 아, 고모가 자꾸 전화한다. 오빠 안 가면 나 혼자 간다."

연서가 핸드폰을 쥔 손등으로 입을 쓱 닦으며 일어섰다. 그래, 혼자 가 서 짜장면 많이 먹어라. 연서가 뛰어가다 돌아서서 손짓을 했다. 나는 그 네를 흔들거리며 다시 하늘을 올려다보았다.

4

아빠한테 가자.

할머니한테 말해 봤자 손톱도 안 들어갈 거다. 아빠는 지난 설날에 왔다 간 후, 반년이 지나도록 오지 않았다. 전화는 가끔씩 하는데 늘 바쁘다고, 미안하다고만 했다. 왜 그렇게 바쁜지, 왜 미안한지 이참에 한번 만나서 들어 봐야 할 것 같다. 아니, 아빠가 보고 싶다.

마침 동대구역에서 서울역으로 가는 기차가 30분 후에 있었다. 영천에서 동대구까지 누리호나 무궁화호 열차는 타 봤지만 KTX를 타는 건 처음이다. 서울에도 처음 가 본다. 아빠 앞에 짠, 나타나 서프라이즈 할 생각에 가슴이 두근거렸다. 한껏 들떠서 플랫폼을 왔다 갔다 하는데 할머니와 고모한테서 연신 전화가 오고 톡이 날아왔다. 귀찮아서 전화기를 꺼 버렸다.

드디어 매끈한 고속열차가 플랫폼으로 들어왔다. 3호차 2A번 자리에 앉았다. 이제 1시간 50분 후면 서울역에 도착할 것이다. 핸드폰을 켜고 지도앱을 다운 받았다. 주소는 지난번, 아빠한테 여름 옷 부칠 때 찍어 둔 것이 갤러리에 저장되어 있다.

기차가 출발하고 나서야 할머니한테 전화를 했다.

─걱정하지 마요. 아, 왜 못 찾아가요. 주소도 있고 핸드폰 보면 찾아가는 법 다 나와요.

할머니가 기함을 했다.

─그래, 니는 니 애비한테 가서 살아라. 나도 너거 둘, 밥해 먹이기 힘들다.

─알았다고요.

한껏 목소리를 짓누르며 전화를 끊었다.

창문에 눈을 붙이고 획획 밀려나는 나무와 들판을 멍하니 바라보았다. 할머니 말대로 아예 아빠하고 같이 서울에서 살까? 둘 밥해 주기 싫다면 연서 하나면 괜찮다는 말인데. 연서는 할머니 좋아하니까 괜찮겠지. 그래도 연서 떼놓고 어떻게 나만? 연우 니가 연서를 잘 돌봐 줘야 한다,고 엄마가 부탁했는데. 조금 전 들떴던 마음이 싸해지면서 생각이 복잡하게 엉켰다. 눈을 꾹 감았다, 떴다. 또 감았다, 떴다.

5

하아, 길게 숨을 내쉬었다.

하늘에 새털구름이 한가득 펼쳐져 있다. 하늘은 하늘이라서 좋겠다. 높고 넓게 펼쳐져서 서로 밀어내지도 침범하지도 않고 공평하게 땅 위를 내려다보고 있으니까.

산이 지나간다. 먼 산에 나무가 폭신폭신한 카펫처럼 뭉쳐 있다. 나무는 나무라서 좋겠다. 가만히 서 있어도 싹이 나고 꽃이 피고 짙푸른 숲을 이룰 수 있으니까. 저 숲에는 돼지, 노루, 고라니, 토끼, 다람쥐, 지렁이도 살 거다. 모두들 좋겠다. 숲이 다 품어 주니까.

마을이 보인다. 산 밑에 옹기종기 집들이 모여 있다. 집들은 동네를 이루니 좋겠다. 저 동네에도 어른들과 아이들이 살겠지. 아니다, 요즘은 산골 동네에 아이들이 별로 없다. 우리 학교에도 아이들이 열네 명밖에 안된다. 그래서 선생님들은 아이들 사정을 속속들이 잘 안다. 1학년 세 명, 2학년 다섯 명, 3학년 여섯 명, 우리는 군청에서 보내 주는 스쿨버스를 타고 학교에 오간다.

바둑판 같은 들판이 푸르게 일렁인다. 논에 뿌리를 박은 저 벼들은 쏠

아지는 뙤약볕을 용케도 잘 견디고 있다. 폭풍우가 몰려와도 굳세게 버텨라. 그렇게 익어서 알곡이 되면 나는 너희들이 희생으로 만들어 낸 그 밥 잘 먹고 이담에 태권도 사범이 될 거다.

기차가 역에 섰다. 역 건너편에 해바라기가 노랗게 피어 있다. 해를 바라려고 발뒤꿈치를 들고 빼곡하게 서 있다. 해바라기는 해바라기라서 좋고, 부지런히 기차를 타고 내리는 사람들은 비뻐서 좋겠다.

저기, 저 보따리를 양손에 잔뜩 든 할머니는 꼭 우리 할머니 같다. 우리 할머니, 잔소리만 안 하면 얼마나 좋을까. 눈만 뜨면 잔소리를 한다. 아빠가 생활비도 꼬박꼬박 보내 주는데 그렇게 동동걸음을 치며 악착같이 농사를 지을 게 뭐람. 맨날 여기저기 아프다고 주무르라고 하면서.

어쨌든 기차를 타고 달리니 좋다. 가만히 앉아서 눈길만 보내도 파노라마처럼 하늘과 산과 마을과 꽃과 오가는 사람들을 눈앞에 데려다 놓고 펼쳐 보여 주니까. 이제 자주 기차를 타고 아빠한테 가야겠다. 생각이 꼬리를 무는 동안 벌써 종착역이다.

6

서울 도착. 역을 빠져나오며 주위를 힐끔거렸다. 모두 바쁜 걸음을 옮길 뿐, 사람들은 나 같은 시골 놈에겐 관심이 없다. 나는 에스컬레이터를 타고 내려가며 쭉쭉 뻗어 올라간 빌딩과 도로 위를 달리는 자동차를 눈여겨봤다. 연서에게 서울 이야기를 해 주려면 자세히 봐야 할 것 같았다. 하지만 서울이라고 별반 다른 것도 없었다. 우리 시골 동네하고는 비교할 수 없지만 동대구하고 비슷한 느낌이었다.

자, 아빠는 어디에 살고 있을까? 앞에 보이는 저런 빌딩일까, 고모네처럼 아파트일까, 아니다 무슨 연립이라고 했는데. 서울역 광장에 서서 찾아가는 길을 검색했다. 오호, 여기서 950미터밖에 안 된다. 오후의 열기를 헤치고 힘차게 발걸음을 옮겼다. 건널목을 건너고 큰 호텔을 지나고 오르막을 올랐다. 양쪽으로 오래되고 낡은 집이 다닥다닥 붙어 있는 좁은 골목이 나왔다. 어, 서울에 이런 곳이? 실망스런 마음을 누르며 골목 안으로 들어갔다. 골목 양쪽 낡은 집 담장에 전기 계량기가 대여섯 개씩 붙어 있고, 쓰레기봉투를 내다놓은 곳에서 파리가 날았다. 모퉁이를 돌아서니 또 비스듬한 골목이 이어졌다. 곧 무너질 것 같은 집 앞, 헌옷수

21

거함에서 할머니가 헌옷을 뒤적이고 있었다. 저만큼에서 할아버지가 지팡이를 짚고 힘겹게 걸어가고 예닐곱 살쯤 된 남자애가 두부 봉지를 달랑거리며 뛰어갔다.

사람 사는 동네가 맞는가 싶을 정도였다. 어떻게 저렇게 높은 빌딩 사이에 이렇게 오래되고 낡은 집들이 있을까?

또 좁은 골목길을 올라갔다. 2층 붉은 벽돌 집 앞에서 길 안내가 종료되었다. 집을 올려다보는데 어깨 힘이 쭉 빠졌다. 아, 아빠가 이런 데서 살고 있구나.

아빠한테 전화를 했다.

—아빠, 어디고? 내 서울 왔다. 아빠 집 앞이다.

—뭐라고? 연락도 없이 오면 어떡하노?

아빠가 당황한 목소리로 소리쳤다. 갑자기 말문이 막혔다.

—연우야, 그냥 가면 안 되나? 아빠 멀리 와서 일하기 때문에 한동안 집에 못 간다.

아빠가 사정조로 말했다. 여기까지 왔는데 돌아가라고?

—연우야, 실은 일하느라 한동안 집을 비웠다. 연우, 니 아빠 방 보면 실망할 텐데 우짜지?

엄마한테 그렇게 혼나고도 아무데나 양말을 던져 놓고 사나? 밑반찬 오래 두지 말고 버리라는 엄마 말을 무시했나? 하긴, 엄마는 지독했다. 그렇게 아픈데도 아빠한테 살림하는 법을 차근차근 가르쳤지. 너희들 밥 한 끼 따뜻하게 해 먹이는 게 엄마 기쁨이야, 하더니 왜 우릴 놔두고 혼자 떠난 거야? 아, 한연우 생애 최초로 서울에 입성했는데 왜 이렇게 지질하냐? 이 좁은 골목, 땡볕 아래에서 엄마를 불러내면 어쩌자는 거야.

—아, 됐다. 빨리 방이나 가르쳐 줘. 배고프다.

아빠는 마지못해 방 위치와 자물쇠 번호를 알려 주었다. 아빠 방은 2층 끝, 문에 걸려 있는 자물통 번호를 누르고 들어섰다. 방안에 갇혀 있던 열기가 한꺼번에 훅, 튀어나왔다. 세상에, 이렇게 작은 방이 있다니! 창문 하나 없는 캄캄한 굴속 같은 방, 한 사람이 누우면 딱 맞을 정도였다. 가구도 하나 없다. 옷가지는 벽에 걸려 있고, 벽에 붙은 선반 위에 작은 냉장고가 있을 뿐. 마치 소인국에 떨어진 걸리버가 된 기분이었다. 숨이 콱 막혀서 어정쩡하게 서 있는데 밖에서 소리가 들렸다.

"누구시오?"

앞쪽 열린 문틀을 힘겹게 잡고 서 있는 해골처럼 눈이 퀭한 할아버지. 나는 깜짝 놀라서 더듬거리며 자초지종을 얘기했다. 할아버지가 고개를 끄덕이며 돌아섰다. 나는 그대로 방에 주저앉았다. 다리를 펴니, 발끝이 반대편 벽 쪽에 닿았다. 선반에 있는 선풍기를 내려서 틀었다. 고장이 났는지 덜덜거렸다.

배가 고프다. 일어나서 냉장고를 열었다. 쪼글쪼글해진 사과 한 개와 먹다 남은 고추장, 멸치 한 봉지, 냉장고 옆쪽에 라면 일곱 개와 소주병 두 개가 있었다. 라면이라도 끓여 먹을까, 하고 두 개를 내렸지만 휴대용 버너는 있는데 아무리 찾아도 냄비와 물이 없었다. 아빠는 왜 이렇게 사는 걸까. 생각할수록 기가 막혔다. 주방도 없는 이런 곳에서 어떻게 자고, 뭘 해먹고 사는 거지?

그냥, 집으로 내려갈까?

여기까지 왔는데 아빠는 보고 가야지.

에잇, 옆에 있는 라면 봉지를 주먹으로 내리쳤다. 라면봉지가 터지면서 라면이 튀어나왔다. 나도 모르게 튀어나온 라면을 집어서 입에 넣었다. 스프를 뿌리니 매콤짭짤한 생라면이 먹을 만했다. 누운 채로 우적우적 라면 하나를 다 씹어 먹었다. 바람구멍 하나 없는 곳이라 전등 불빛마저 뜨거웠다. 불을 껐다. 문틈으로 앞방의 전등 빛 한줄기가 빗금처럼 들어왔다. 문을 열면 앞방이 보이고 그 방에는 신분을 밝혔음에도 미심쩍어하는 해골 할아버지가 문을 열어 놓고 있다. 문을 닫은 채, 가만히 있는데 사우나에 온 듯 땀이 줄줄 흘렀다. 티셔츠를 벗었다. 그래도 덥다. 바지도 벗었다. 팬티만 입고 무덤 같은 곳에 누웠다. 속에서 열불이 났다. 다시 불을 켰다. 벽에 붙어 있는 사진을 쳐다보았다. 넷이서 바닷가에 갔을 때 바위에 나란히 앉아서 찍은 사진. 이때만 해도 엄마가 살아 있었고 우리 가족이 이렇게 흩어질 줄은 몰랐다.

오줌이 마려웠다. 옷을 주워 입고 문 앞에서 쭈뼛거리는데 해골 할아버지가 나오더니 손가락으로 중간쯤 있는 문을 가리켰다. 2층에 딱 하나 있는 화장실, 여기 사는 사람들이 공동으로 쓰는 것 같았다. 화장실 옆에 비닐 커튼으로 가려진 작은 샤워실 벽면에는 "제발 여기서 오줌 싸지 마시오"라는 글씨가 휘갈겨져 있었다. 다시 굴속 같은 방에 들어와 누웠다.

아빠도 안 온다는데 그냥, 집에 내려갈까?

나가서 서울역 쪽에서 돌아다닐까?

피씨방이나 영화관에 갈까?

생각만 하다가 깜빡 잠이 든 모양이다. 눈을 떠 보니 밤 9시. 창문이 없으니 해가 떨어지는 줄도 몰랐다. 등에서 흘러내린 땀이 바닥에 흥건했다. 젠장, 이 더위에 뒷박만 한 방에서 뭘 하고 있는 거지?

7

아빠가 검은 벙거지 모자를 쓰고 문을 열었다. 나는 깜짝 놀라서 급히 옷을 입고 흩어진 라면 부스러기를 대충 쓸며 봉지를 구겨 들었다.

"며칠 있다 온다더니?"

아빠가 하얀 이를 드러내며 씨익, 웃었다. 허여멀끔했던 아빠 얼굴이 까맣고, 두툼했던 턱과 볼이 홀쭉하다. 홀로코스트에서 살아나온 사람이 있다면 저럴까?

"아들 보고 싶어서 안 왔나. 치킨 사 왔다. 먹자."

아빠와 마주 앉으니 이마가 닿을 것 같았다. 아빠의 충혈된 두 눈이 피곤해 보였지만 환한 미소는 여전했다. 엄마가 저 미소에 반해서 아빠랑 결혼했다고 했지. 그래서 나와 연서를 낳았고. 엄마, 아빠, 연우, 연서, 우리 네 식구가 오순도순 사는 게 당연한 일인 줄 알았다. 그런데 그런 우리 집 풍경이 당연한 게 아니었던 거다.

"아빠 이래 사는 것 보고 마이 놀랐재?"

아빠가 맥주 캔을 따서 한 모금 마신 후, 어설프게 웃었다.

"아빠, 당장 집에 가자. 집에 가서 같이 살자."

나도 모르게 목소리가 잦아들었다.

"아들, 아빠 괜찮다. 걱정 마라."

"걱정 안 하게 생겼냐고?"

"인마, 꽃이나 나무를 옮겨 심어도 새 땅에 뿌리를 내리려면 힘이 든다 아이가. 시간이 흐르고 뿌리가 땅에 튼실히 박히게 되면 꽃도 피워 내고 잎도 피는데, 아빠도 마찬가지 아니겠나. 아직 서울에 온 지 일 년도 안 됐다. 새로 뿌리를 내리려니 힘이 들긴 해도 아빠는 잘 해낼 수 있다. 아빠 함 믿어 봐라."

아빠가 내 어깨에 손을 얹으며 힘주어 말했지만 난 성마르게 고개를 저었다.

"이게 어디 사람 사는 데냐고. 이런 데서 숨 막혀서 어떻게 사노? 고집 부리지 말고 집에 가자. 제발!"

나도 모르게 눈물이 핑그르르 돌았다.

"지금 집에 가면 아빠가 뭘 할 수 있는데? 농사지을 땅도 없고, 트랙터도 없는데…."

"그럼, 여기 살지 말고 다른 데로 이사 가. 주방도 있고 화장실도 있는 데로."

"걱정 마라. 여기도 다 사람 사는 데다. 서울엔 방세가 비싸. 그런데 여긴 보증금도 없고 월세도 싸다. 이웃끼리 서로 일자리도 알아봐 주고, 서울역이 바로 앞이라 교통도 편하고."

아빠의 검게 탄 이마에 땀이 번들거렸다. 나는 바닥에 굴러다니는 쉰내 나는 수건을 아빠에게 건넸다. 아빠가 이마와 목덜미를 쓰윽 닦았다.

아빠는 농부였다. 논농사 밭농사를 지으며 트랙터로 동네 사람들 논밭을 갈아 주러 다녔다. 그런데 엄마 병원비를 대느라 논도 팔고 밭도 팔고 트랙터도 팔았다. 그러나 지난봄, 엄마는 영영 떠나 버렸다.

"참, 니 태권도 대회에서 1등 했다매? 할머니가 니 자랑 많이 하더라. 한연우, 정말 장하다!"

"아, 자꾸 말 돌리지 말고, 집에 가자고."

"연우야, 니가 아무리 그래도 아빠 안 간다. 목표가 있는 사람은 고생이 뭔지 모른다. 앞뒤 살필 겨를이 없다. 돈 벌어서 논밭도 다시 사고, 트랙터도 사서 폼 나게 돌아갈 기다. 자, 자, 아들. 아무 걱정 말고, 아빠하고 맥주나 마시자. 우리 아들이 벌써 중학교 2학년이네. 아빠랑 한잔해도 될 것 같은데."

아빠가 맥주 캔 하나를 따서 내밀었다.

"됐다. 난 술 안 먹는다. 아빤, 만날 술 먹나?"

"어, 아니. 아 저 소주병. 며칠 전 옆방 김씨가 같이 마시자고 사 들고 온 기다. 내가 술을 못 마신다고 하니 혼자서 먹고 갔다. 아빠는 술 많이 안 마신다. 우리 연우, 연서도 엄마아빠 없이 잘하고 있는데 아빠가 술이나 마시고 있으면 안 된다 아이가. 오늘은 우리 아들 봐서 기분 좋으니까 먹는 거고."

아빠가 고개를 젖히고 맥주를 벌컥벌컥 쏟아부었다.

"연우야, 그래도 아빠는 일할 수 있어서 좋다. 니 봤재. 이 작은 집 한 채에 방이 열여섯 개다. 방을 잘게 쪼개서 월세를 놓은 거야. 그래서 쪽방이라고 하는데 대부분 다 늙고 병든 노인들이 산다. 그분들을 보면 건강한 게, 일할 수 있는 게 감사하지. 어쨌거나 그분들 볼 때마다 진짜 마음이 아프다."

아빠 말에 해골 같은 몰골의 앞방 할아버지가 떠올랐다.

"요, 앞방 할배도 수십 년째 혼자서 사는데, 아파서 일도 못 한다. 나라에서 주는 기초연금으로 근근이 먹고산다 아이가. 쪽방촌 사람들 대부분이 글타. 야, 서울 와 보니 정말 극과 극이더라. 돈 많은 사람들은 특급호텔에서 배 두드리면서 살고, 고 바로 밑에 사는 쪽방 사람들은 늙고 병든 몸으로 돌아누울 수도 없는 삭은 방에서 죽을 날만 기다리고. 하아, 세상이 뭐 이렇노 싶기도 하고…."

진짜, 세상이 뭐 이렇노? 나는 우리 아빠가 이렇게 살고 있을 줄은 꿈에도 몰랐다. 전화할 때마다 늘 바쁘다, 미안하다, 하는 아빠를 원망했는데 아빠는 지난겨울 그 깡추위 속에서, 올여름 이 찌는 무더위 속에서 개고생을 하고 있었던 것이다.

"왜 힘들다고 말 안 했는데?"

"야, 한연우, 그런 눈으로 보지 마라. 이래 봬도 아빠한테는 희망이 둘이나 있다. 희망이 있으면 이깟 고생은 아무것도 아니지."

아빠가 손나팔을 만들어 허공에다 소리쳤다.

"나, 한태욱의 희망은 한연우, 한연서다!"

아, 이놈의 더위. 등짝으로 땀이 줄줄 흐른다.

"아빠, 나 내일 집에 갈 거다. 다음 주가 개학이야."

"미안하다, 아들. 서울 구경도 시켜 주고 맛있는 것도 같이 먹고 해야 하는데. 아빠가 일을 빠질 수 없어서. 아, 우리 집 앞 용수천 생각난다. 이런 날에 나가서 등목하면 시원할 긴데. 아들하고 쏘가리 잡아서 매운탕 끓여 먹으면 좋겠다."

아빠가 깍지 낀 손을 뒤로 올리고 허리를 젖혔다.

"어쨌든 빨리 집에 온나."

"알았다. 근사한 트랙터 타고 짠 나타날게. 그때까지 아들, 딱 기다려라. 하하하."

아, 저 꺾이지 않는 당당한 모습. 아빠 웃음 한 방에 방 안이 환해지는 것 같았다. 나는 쉰내 나는 수건을 주워서 얼굴을 쓰윽, 닦았다.

8

진짜 꼭 붙어 잤다, 돌아누울 수도 없는 작은 굴속에서.

아빠의 단단한 근육이 쇠붙이처럼 내 뼈를 눌러서 꼼짝할 수가 없었다. 아빠는 꼭두새벽에 내 손을 한번 꽉 잡아 주고 나갔다. 나도 곧 일어나 서울역 편의점에서 생수와 삼각김밥 두 개, 라면 한 봉지를 산 후, 기차를 탔다. 기차가 고층 빌딩과 빌딩 속에 에워싸인 쪽방촌을 힘차게 밀어냈다. 이제 이 기차가 달려가는 곳에서 광활한 하늘과 짙푸른 산, 넓은 들판을 만나게 될 것이다. 하늘은 하늘이라서 좋고, 산은 숲과 나무를 품어서 좋다. 푸르게 물결치는 들판이 황금색으로 변해서 추수를 할 때쯤, 아빠가 돌아오면 좋겠다. 아빠가 개선장군처럼 트랙터 위에 앉아서 잘 익은 벼들을 추수하고 알곡자루를 묶을 때, 나는 아빠를 향해 두 팔을 높이 흔들며 활짝 웃어 줄 것이다.

대전역에서 옆자리에 앉았던 아주머니가 내렸다. 나는 봉투에서 삼각김밥과 라면봉지를 꺼냈다. 비어 있는 좌석에 라면을 놓고 주먹으로 쳤다. 경험이 쌓이면 노하우가 생기는 법. 라면봉지의 중간 부분을 한 방 먹이고, 바깥쪽에서부터 차근차근 부숴 갔다. 이 라면은 아빠와 아빠의 쪽방을 잊지 않기 위해 경건한 마음으로 먹을 것이다. 꺾이지 않는 아빠의 당당함을 나도 닮고 싶기 때문이다.

동대구역에서 내려 영천으로 가는 버스를 탔다. 버스에 먼저 타고 있던 우리 반 기훈이가 나를 알아보고 반갑게 손짓을 했다.

"어디 갔다 오노?"

"어, 서울."

"나도 얼마 전에 서울 삼촌네 갔다 왔는데. 사촌들하고 롯데월드, 서울랜드 다 갔다 왔다. 서울랜드 블랙홀 이천, 죽이더라. 진짜 리얼로 오줌 지렸다니까. 우리 사촌은 무섭다고 샷드롭도 못 타더라."

"응, 그래. 기훈아, 나 저기 가서 앉을게."

나는 얼른 뒷자리로 갔다. 야, 정기훈. 난 그딴 거 하나도 안 부럽다. 우리 아빠가 새 트랙터 사 가지고 돌아와서 동네 논밭, 싹 갈아 주고 벼 추수할 때, 아빠 옆에 높이 앉아 있는 내 모습이나 부러워하지 마라.

정류장에 내리니 연서가 손선풍기와 차가운 얼음물 한 병을 들고 기다리고 있었다.

"더운데 뭐 하러 나왔노."

"할머니가 오빠 더위 먹는다고 나가 보라 했다."

연서가 내미는 물병을 받아서 단번에 다 마셨다. 내 모습을 연서가 눈이 동그래져서 쳐다보았다. 나는 연서를 데리고 정류장 뒤에 있는 슈퍼에 들어갔다. 할머니가 좋아하는 브라보콘 세 개와 라면 다섯 개를 샀다.

"오빠야, 아빠 잘 있나? 아빠 언제 온다대?"

"아빠, 잘 있다. 추석에 온다 했다."

땀에 젖은 연서 앞머리를 걷어 올려 주자 연서가 생긋 웃었다. 연서야,

나하고 너는 아빠의 희망이란다, 말해 주고 싶어서 목구멍이 간질거렸지만 부끄러워서 꾹 눌렀다. 그 대신 들고 있던 라면을 가게 평상 위에 놓고 퍽퍽, 쳐서 입안으로 쏟아부었다.

"먹을래?"

연서가 살래살래 고개를 저었다.

"오빠야, 니 서울 가고 나시 고모가 할머니한테 엄청 뭐라 했다. 아 기 죽이지 말라고. 그래서 할머니가 잘못했다고 했으니까 걱정 마라. 집에 가도 할머니 야단 안 칠 기다. 다음에 아빠한테 갈 땐, 나도 데리고 가라. 나도 기차 타고 싶다."

"알았다."

연서가 라면 봉지를 가리키며 냉큼 제비처럼 입을 벌렸다.

"니도 아빠가 생각나면 생라면 먹어라. 이게 마법이다. 마법."

"그기 무슨 말인데?"

"그런 게 있다."

연서가 의아한 눈빛으로 올려다보며 고개를 갸웃거렸다.

대문에 들어서니 수돗가에서 열무를 다듬던 할머니가 입가에 빙긋 미소를 흘리며 말했다.

"애비한테 가서 살지 와 왔노. 밥해 주기 싫다니까."

"밥 안 하게 하면 되잖아요."

"어디, 서울에서 밥 안 먹고 사는 방도를 배워 왔나?"

내가 불퉁하게 브라보콘을 내밀자 할머니 눈가의 주름이 하회탈처럼 잡혔다.

9

"연우야!"

이젠 선생님도 지친 모양이다. 내가 라면 봉지를 잡았던 손을 멈추자 선생님이 한숨을 푹 내쉬었다. 선생님, 쪽방에서 아빠랑 치킨 먹을 때, 우리 아빠가 환하게 빛났어요. 그 아빠가 지금 쪽방에서 용기를 충전하며 전의를 불태우고 있다고요,라고 말해 버릴까. 그리고요, 제가 즉흥적으로 기차를 탔거든요. 더운 방 안에서 땀만 빼다 왔지만 우리 아빠의 멋짐을 확인한 괜찮은 여행을 했어요,라고 덧붙일까. 살아가는 게 당연한 게 절대 아니더라고요,도.

"선생님, 낼부터는 쉬는 시간에 먹을게요."

생각과 달리 간단명료한 다짐으로 끝냈다. 선생님 입꼬리가 올라갔다. 그러니까 선생님도 절 보면서 한숨 그만 쉬시고요, 희망을 가지세요. 희망이 있으면 힘이 나는 법이거든요. 속으로 혼잣말을 하는데 나도 모르게 웃음이 푹, 나왔다. 이제 곧 가을바람이 불어오지 않을까?

조규미

읽다 보면 미소 짓게 되는 이야기, 읽으면서 마음이 단단해지는 이야기를 쓰려고 애쓴다. 청소년 소설 『가면생활자』 『첫사랑 라이브』 『똑같은 얼굴』 『페어링』 『너의 유니버스』 『올랑즈 클럽』과 동화 『고백 타이머』 『기억을 지워 주는 문방구』 『9.0의 비밀』 등을 썼다.

결과의 결과

동우

동우는 자리에서 일어났다. 끼이익. 의자 끄는 소리가 조용한 교실의 공기를 흔들었다. 동우 자신도 그 소리에 놀라 움찔했지만 멈추지 않았다. 그대로 돌아서 교실 뒷문으로 향했다. 아이들의 시선이 자신에게 꽂히는 것을 느꼈다. 수학 선생님이 "너, 어디 가?"라고 물었을 때는 이미 뒷문 문턱을 넘은 후였다.

동우는 선생님의 질문에 답할 의무가 없다고 생각했다. 교실을 나오기 전에 물었거나 복도로 쫓아 나와서 물었다면 사정이 달랐을 것이다. 하지만 동우를 쫓아오는 발소리는 들리지 않았다. 오직 자신의 발소리만 복도를 울렸다. 서두르지도, 주저하지도 않는 발걸음…. 동우는 그 소리가 자신이 내는 것이 아닌 다른 사람이 내는 것처럼 느껴졌다.

월요일 1교시 수업 시간. 학교는 정숙하다 못해 고요했다. 이렇게 많은 아이들이 모여 있는데 이토록 조용하다는 것이 기이하게 느껴질 정도였다. 여느 때 같으면 동우도 저 틈에 끼어서 꾸역꾸역 수업을 듣고 있을 것이다. 하지만 지금은 생각지도 못한 일탈을 감행 중이었다.

조금 전 조회시간에 있었던 일을 떠올리며 동우는 입술을 깨물었다.

성민재가 돌아온 것이다. 그 녀석은 담임 뒤에 붙어 더듬이를 바짝 치켜
올린 벌레처럼 눈치를 보며 교실로 들어왔다. 그러고는 서둘러 자리에 가
서 앉았다. 자기 자리는 용케 잊어버리지 않은 모양이었다.

"민재가 그간 마음고생을 많이 했어요. 다들 보듬어 주고 잘 지낼 수
있도록 도와주기 바랍니다. 우리 반은 급훈이 화합이니까 뭐, 잘할 거라
고 믿어요."

담임은 칠판 위에 걸린 급훈 액자로 잠시 눈을 돌렸다가 아이들을 바
라보았다. 살짝 미소 짓는 모습이 내심 만족스러운 얼굴이었다. 뭐가 만
족스러운 걸까? 급훈? 아니면 골치 아픈 일을 처리했다는 홀가분함? 성
민재가 자리에 앉자 주변 아이들이 성민재와 눈을 마주치는 모습이 보였
다. 반 아이들이 보내는 저 눈빛은 성민재가 교실로 돌아온 것을 환영한
다는 의미일까? 동우는 속이 부글부글 끓었다.

'비겁한 자식! 일주일이나 도망가 있었으면서 무슨 낯짝으로 온 거야?
그렇게 하면 모든 게 용서될 거라고 생각한 거야?'

담임이 나가고 잠시 교실이 어수선할 때였다. 성민재가 동우 쪽으로 고
개를 살짝 돌리더니 손날로 목을 긋는 시늉을 했다.

'저 자식이!'

순간 동우는 눈에서 불꽃이 튀고 가슴이 꽉 막히는 것 같았다. 책상을
쾅 내리치고 싶은 것을 참느라 두 주먹을 꽉 쥐었다.

마음 같아서는 성민재에게 달려가서 따지고 싶었다. 하지만 그럴 수 없
었다. 성민재의 도발에 또 넘어가서는 안 되었다. 하지만 동우는 오래 버
티지 못했다. 1교시 수학 선생님이 들어와서 수업을 막 시작했을 때 더
이상 참지 못하고 교실을 나와 버렸다. 여기까지가 오늘 아침 동우에게

일어난 일이다.

동우는 교문 옆 경비실을 슬쩍 보았다. 경비 아저씨는 순찰 중인지 자리에 없었다. 늘 깐깐하게 이런저런 잔소리를 하는 아저씨인데 운이 좋았다. 덕분에 동우는 아무 제지도 받지 않고 교문을 빠져나와서 큰길 횡단보도까지 갔다.

'어디로 가지?'

횡단보도 앞에 서자 어디로 갈지 선택해야 했다. 문득 동우는 이대로 학교에 돌아갈 수 없을지도 모른다는 생각이 들었다. 나가는 것은 마음대로여도 돌아오는 것은 마음대로 안 된다고 경비 아저씨가 교문 옆에 서서 소리칠 것만 같았다. 하지만 교실로 돌아갈 마음은 없었다. 성민재와 그 애를 두둔하는 담임과 그간 있었던 일을 다 잊은 듯한 아이들이 있는 곳으로 돌아가고 싶지 않았다.

엉뚱한 생각에 잠긴 것도 잠시, 어디선가 들려오는 자동차 경적 소리에 동우는 현실로 돌아왔다. 우선 횡단보도를 건널지 말지부터 선택해야 한다. 횡단보도를 건너 상가 쪽으로 갈까? 아니면 뒤로 돌아 학교 뒤쪽 둑방 길로 갈까? 아무래도 상가 쪽으로 가면 사람들 눈에 띌 것이고, 혹시라도 알아보는 사람이 있다면 난감할 것이다. 동우는 뒤로 돌아 학교 뒷길 쪽으로 향했다.

예상대로 학교 뒷길은 지나다니는 사람이 거의 없었다. 이대로 아무도 마주치지 않으면 좋겠다고 생각하며 몇 걸음 떼었을 때였다. 뒤쪽에서 동우의 이름을 부르는 소리가 들렸다. 놀라서 돌아보니 같은 반 세만이가 얼굴이 벌게져서 달려오고 있었다.

"동우야, 같이 가아!"

세만이가 뒷담을 따라 달려오는 모습이 비현실적으로 보였다. 저 애가 왜? 동우가 걸음을 멈추자 세만이가 허겁지겁 뛰어와 양손으로 양 무릎을 잡고 고개를 숙인 채 숨을 골랐다.

"헉, 헉. 교실에서부터 계속 뛰어왔어."

세만이가 숨을 몰아쉬며 말했다.

"왜?"

세만이는 동우와 그닥 친한 사이도 아니었다. 그런데 왜 굳이 동우를 따라온 걸까? 세만이는 아직도 숨이 차는 듯 헐떡이며 대답했다.

"내가, 오늘…."

세만이가 말을 하다 말고 뜸을 들였다.

"오늘 뭐?"

"내가 오늘 당번이야."

뚱딴지 같은 소리에 동우는 당황했다. 자신이 교실을 뛰쳐나온 것과 세만이가 당번인 것과 무슨 상관이란 말인가?

"당번이라서 따라왔다고?"

"그래. 당번이니까… 챙겨야지."

정말 말도 안 되는 소리였다.

"뭔 소리야. 돌아가."

그러자 세만이는 혼잣말을 하는 것처럼 중얼거렸다.

"어쨌든 당번이니까 모른 척할 수는 없어."

동우는 다시 걸음을 떼며 말했다.

"말도 안 되는 소리 하지 말고 돌아가."

세만이가 동우를 따라오며 말했다.

"지금 네가 한 게 뭔지 알아?"

"내가 한 거라니?"

"너, 지금 수업 시간에 나왔잖아. 그거 결과야."

"결과?"

"그래, 결과. 수업을 빼먹었잖아. 학교 안 가면 결석, 수업 빠지면 결과. 몰라?"

"아, 알지."

동우는 지금 용어 따위를 가지고 왈가왈부하고 싶지 않았다.

"그래. 결과는 나 하나로 됐으니까 넌 돌아가."

동우가 가던 걸음을 재촉하자 세만이가 질세라 따라왔다.

"그냥은 못 가."

"그럼?"

"너 데려가야지."

동우는 기가 막혔다. 장세만, 원래 이렇게 엉뚱한 녀석이었나? 하긴 녀석에 대해 안다고 할 수도 없었다. 2학기도 반이 지나갔는데 세만이와 이야기를 길게 나누어 보거나 뭔가를 같이 한 기억이 없었다. 동우가 세만이에 대해 알고 있는 것은 과학을 좋아하는 것 같다는 정도였다. 실험 시간에 선생님께 질문을 많이 했기 때문이다.

"몰랐는데 너 좀 웃긴다."

동우의 말에 세만이가 고개를 설레설레 흔들며 말했다.

"너도 마찬가지야. 네가 오늘 같은 행동을 할 줄 몰랐어."

그 말에 동우는 찔끔했지만 한편으로는 마음이 편해지는 것 같았다. 조금 전까지만 해도 오만 가지 생각으로 머릿속이 터질 것 같았는데 세만이가 나타나자 보이지 않는 어딘가에 작은 숨구멍이라도 생긴 느낌이었다.

둘은 어느새 둑방 길로 접어들었다. 둑방 길 반대편에서 달려오던 자전거가 두 사람을 향해 비키라며 벨을 울려 댔다. 두 사람은 얼른 한쪽으로 비켜섰다. 둘이 걷고 있던 도로 바닥에는 자전거 표시가 그려져 있었다. 세만이가 앞장서서 보행자 표시가 있는 도로로 들어서며 말했다.

"인도로 가자."

동우는 얼떨결에 따라갔다.

세만

조금 전에 동우가 교실을 나갔다. 월요일 1교시 수업 시간. 수학 선생님이 어안이 벙벙한 얼굴로 아이들을 쳐다보며 물었다.

"쟤, 어디 가는 거니?"

아이들은 서로의 얼굴만 쳐다볼 뿐 누구도 나서서 이야기하지 않았다. 자리에서 일어난 세만이에게 선생님이 물었다.

"어디 가는 건지 알아?"

"아, 아뇨. 일단 따라가 보려고요."

"네가? 네가 왜?"

선생님뿐만 아니라 아이들 모두 눈이 동그래져서 세만이를 쳐다봤다.

"제가 당번이라서요."

"당번?"

선생님은 조금 전보다 난이도가 높은 문제를 만난 것 같은 표정을 지었다. 세만이는 마음이 급했다. 더 지체하면 동우를 놓칠 것 같았다.

"네. 가서 데려올게요!"

세만이는 교실 문을 나가면서 소리쳤다. 이미 동우의 모습은 보이지 않았고 계단을 내려가는 발소리만 들렸다. 세만이는 서둘러 그 소리를 따라갔다. 현관문을 나서자 운동장을 가로지르는 동우의 모습이 보였다. 세만이는 다시 달리기 시작했다.

오늘 아침, 세만이 역시 성민재가 담임을 따라 들어오는 모습을 보고 놀랐다. 세만이만 그랬던 건 아니다. 그 애가 들어오는 순간 교실에는 정적이 흘렀다. 성민재는 일주일 동안 교실에 들어오지 않았다. 발단은 아주 사소한 일이었다. 지난주 월요일 점심시간. 성민재가 동우에게 장난을 걸었다. 그런데 그 장난이란 게 예사롭지 않았다. 이유는 모르겠지만 감정이 실려 있었다.

세만이는 그날 두 사람 사이에 있었던 일을 한순간도 빠트리지 않고 모두 목격했다. 교실 뒷문으로 들어온 성민재가 자신의 자리로 향하다 말고 책상에 엎드려 있는 동우의 목에 헤드락을 걸었다. 억지로 고개가 들려진 동우는 켁켁 소리를 냈다. 보통 때라면 대수롭지 않게 보고 지나쳤을 것이다. 하지만 그날은 뭔가 달랐다. 동우의 얼굴이 무척 괴로워 보였다.

'저건 단순한 장난이 아니잖아. 정말로 괴롭히려고 세게 조이는데?'

아니나 다를까. 동우는 화가 나서 성민재를 세게 밀었고 그러는 바람에 넘어질 뻔한 성민재는 동우의 목을 더 세게 졸랐다.

성민재의 얼굴에서 웃음기가 사라졌고 팔에 힘을 주느라 얼굴이 벌게졌다. 버둥대던 동우는 있는 힘을 다해 몸을 일으키면서 그대로 성민재를 밀어 넘어뜨렸다. 바닥에 깔린 성민재는 그제야 동우의 목을 풀었다. 그러자 이번엔 동우가 성민재의 얼굴에 주먹을 날렸다. 요란한 소리가 나자 반 아이들이 몰려들었다. 누가 말릴 사이도 없이 성민재가 다시 동우에게 발길질을 했다. 동우도 가만히 있지 않았다. 성민재의 멱살을 잡고 바닥에 내동댕이쳤다. 동우는 반에서 덩치가 큰 편이었다. 성민재도 단단한 체구지만 동우를 당할 수는 없었다.

바닥에 누운 성민재가 분한 얼굴로 동우를 쳐다봤다. 더 이상 맞붙을 자신이 없는 얼굴이었다. 힘으로 이길 수 없다고 생각한 걸까? 동우더러 들으라는 듯이 내뱉었다.

"쫄딱 망한 거지새끼가 힘만 세 가지고."

힘으로 이길 수 없으니 거친 말로 상대를 자극하려는 것 같았다. 세만이를 비롯해 다른 아이들 모두 얼굴이 굳은 채 서 있었다. 마치 시간이 멎은 듯한 그 순간, 딱 한 사람만 못 들은 척했다. 동우였다. 그 애는 아무 소리도 듣지 못한 것처럼 자기 자리에 가서 앉았다.

'못 들은 걸까? 아니, 못 들었을 리 없어.'

세만이는 당황스러웠다. 그냥 넘어가서는 안 된다는 생각이 들었다. 하지만 동우가 가만히 있는데 나설 수가 없었다. 혹시 자신이 잘못 들은 건가 싶어 다른 아이들을 살펴봤다. 다들 서로의 얼굴만 멀뚱멀뚱 쳐다볼 뿐이었다.

다음 시간 수업 시작을 알리는 종이 울렸다. 성민재는 욕을 하며 바닥에서 일어났다. 분이 덜 풀린 모양이었다. 동우에게 맞은 왼쪽 뺨이 벌겋게 부풀고 있었다. 마침 수업을 하기 위해 교실에 들어온 담당 선생님이 성민재의 흐트러진 머리카락과 부은 뺨을 보고 얼굴이 굳었다. 교실에서 일어난 폭력을 묵과할 수 없다는 표정이었다. 결국 동우는 그날 수업이 끝난 후 담임의 호출을 받았다.

그 후 어떤 일이 일어났는지는 세만이도 자세하게 알지 못한다. 단지 아이들이 하는 소리를 들었을 뿐이다. 동우와 친한 아이들이 동우 주변에 모여 이러쿵저러쿵 이야기를 했다.

"성민재가 먼저 시작한 거니까 정당방위라고 이야기해."

"와, 지가 먼저 장난쳐 놓고 이게 뭐 하자는 거냐?"

아이들이 분노를 터뜨렸고 반 아이들도 다들 동의하는 분위기였다. 동우는 나름대로 항변하는 것 같았다. 하지만 성민재에게는 증거가 있었다. 영악한 성민재는 붓기가 사라지기 전에 사진을 찍었다. 부은 뺨을 렌즈에 들이밀고 찍은 사진은 실제보다 더 심각해 보였다. 세만이의 기억에 의하면 일과가 끝날 즈음 성민재는 평소 얼굴로 돌아와 있었다. 그러나 사진은 학교폭력의 증거가 되었다. 동우는 폭력을 휘둘렀다는 이유로 매일 불려 갔다. 반성문을 여러 차례 쓰고 상담도 여러 번 하는 듯했다.

그날 오후 동우와 함께 교무실에 불려 갔던 성민재는 다음 날부터 교실에 나타나지 않았다. 다음 날에는 질병 결석을 냈고 그다음 날에는 학교에 왔지만 보건실로 직행했다. 그 후 성민재는 보건실로 등교했다. 한 아이가 보건실에 갔다가 성민재를 봤는데 침대에 누워 핸드폰으로 게임을 하고 있더라고 했다. 그렇게 며칠을 버티다 오늘 담임을 방패처럼 앞세우고 교실에 나타난 것이다.

"불미스러운 일이 있었지만 서로 원만하게 대화로 마무리하기로 했어요. 이번 일을 계기로 폭력은 절대로 용납되지 않는다는 사실을 명심합시다."

선생님의 말에 아이들이 숨을 죽였다. 민재를 잘 보듬어 주라고 당부까지 덧붙인 선생님은 아이들을 둘러보면서 미소를 지었다. 화합과 평화를 간절히 원하는 교육자의 표정이라고 해야 하나? 세만이는 선생님의 말에 반발심이 생겼다. 어떤 마음이라고 명확히 말할 수는 없었다. 다만 선생님의 말이 틀렸고, 상황이 이렇게 종료되도록 가만히 있어서는 안 된다는 생각만은 확실했다.

동우가 갑자기 교실을 나갔을 때 놀란 건 세만이도 마찬가지였다. 하지만 한편으로는 그 애다운 행동이라고 생각했다. 사실 세만이는 성민재가 교실에 들어왔을 때부터 동우의 기색을 살피고 있었다. 그리고 동우가 자리에서 일어났을 때 세만이는 올 게 왔다는 생각을 했다.

당번이라고 대답한 것은 미리 생각한 게 아니었다. 수학 선생님의 표정을 보는 순간, 자신이 당번이라는 사실이 떠올랐고 선생님들한테는 그렇게 답해야 먹힐 것이라는 생각이 번개처럼 들었다. 어처구니없는 대답이라는 것은 스스로도 알고 있었다. 하지만 그런 걸 따질 겨를이 없었다. 중요한 것은 동우를 쫓아가는 일이었다.

동우는 둑방 길로 향하고 있었다. 세만이와 마주쳤을 때 예상대로 깜짝 놀란 눈치였다. 혹시라도 기분 나빠하거나 화를 내면 어쩌나 했는데 그러지는 않았다. 당번이라서 데리러 왔다고 눙치며 동우를 따라갔다. 처음에는 돌아가라고 하더니 세만이가 고집을 부리자 나중에는 포기한 듯했다.

둑방 길은 처음 와 보는 곳이었다. 학교 바로 뒤에 이런 곳이 있다니 상상도 못 했다. 가끔 자전거만 '쌩' 하고 지나갈 뿐 다니는 사람이 없었다. 잠자코 걷기만 하는 동우에게 세만이가 먼저 말을 걸었다.

"나, 이 길 처음 와 봐."

"나도 오랜만에 온 거야. 중학교 들어와서는 처음인 것 같아."

"근데 어떻게 사람이 하나도 없냐?"

"저녁 때는 많아. 운동하는 사람들."

동우는 딱히 행선지를 정하지는 않은 것 같았다. 하긴 세만이라도 지금 같은 상황이면 아무 데나 발길 닿는 대로 갈 것 같았다. 그렇게 둑방 길을 따라 걷기 시작했다.

다시 동우

"너, 결과 해 본 적 있어?"

세만이가 물었다. 동우는 잘 생각이 나지 않았다. 결석한 적도 있고 조퇴한 적도 있는데 수업을 빠진 기억은 없다. 그렇다면 해 본 적이 없는 거겠지.

"오늘이 처음인 것 같아."

"미인정 결과일 거야."

"뭐?"

"선생님한테 허락 안 받고 나왔잖아. 그러니까 미인정이지."

동우는 세만이를 물끄러미 바라봤다. 이 이야기를 해 주려고 여기까지 쫓아온 건가? 동우는 불청객이 반갑지 않았다.

"너는? 너도 빠졌잖아."

"나는 너를 데려가려고 나왔으니까 미인정은 아니지."

그동안 몰랐는데 세만이는 엉뚱한 구석이 있는 애였다. 갑자기 무슨 생각이 떠오른 듯 세만이가 말을 이었다.

"너 혹시 특목고 준비해?"

"특목고? 아니."

"그럼 자사고 같은 데 지원할 생각 있어?"

"없어."

"그러면 미인정 하나 있어도 괜찮아. 미인정이 있으면 생활기록부에 출결 기록이 남아 입시에 불리하거든."

동우는 처음 듣는 이야기였다.

"넌 어떻게 그런 걸 알아?"

"우리 누나가 자사고 지원했거든. 미인정 지각이 있어서 점수 깎였다고 울고불고 난리 쳤었어."

세만이 말대로 동우와는 상관없는 일이었다. 어쨌든 그런 것까지 알고 있는 세만이가 조금 특별해 보였다. 하긴 평소의 세만이 이미지도 그랬다. 아는 게 많고 그것에 대해 설명하는 것도 좋아했다. 중학생들은 별로 관심이 없는 것들에 대해서도 잘 알고 가끔씩 그런 지식을 아이들한테 풀기도 했다.

둑방 길을 걷다 보니 새삼스레 계절이 느껴졌다. 둑방 길 양쪽에는 가로수와 함께 관목들이 우거져 있었는데 이파리들이 제법 갈색으로 물들어 있었다. 그리고 보니 2학기도 중반으로 넘어가고 있었다. 동우는 지난 일주일이 어떻게 지나갔는지 모르게 빨리 지나간 느낌이었다. 학생지도실로, 상담실로, 교무실로 불려 다니느라 정신이 없었다.

"민재는 장난으로 시작한 거라잖아. 장난이면 장난으로 끝내야지, 애 얼굴을 이렇게 만들면 돼?"

싸늘한 기운이 감돌기 시작한 상담실 안. 담임이 민재의 사진을 동우에게 보여 주며 말했다. 동우는 이미 여러 차례 상황을 설명했기 때문에

49

더는 아무 말도 하고 싶지 않았다. 선생님은 동우의 죄책감을 끌어내려는 듯 자꾸 사진을 들이댔지만, 동우는 미안한 생각이 전혀 들지 않았다.

성민재는 학기 초부터 동우를 잘근잘근 괴롭혔다. 눈에 띄게 그런 짓을 하지는 않았다. 그 애의 행동은 장난과 괴롭힘의 경계선을 묘하게 오갔다. 친한 척하면서 목을 조르고 장난처럼 내뱉는 욕에 감정을 실었다. 그러면서 은근슬쩍 동우를 애들 사이에서 웃음거리로 만들었다. 처음에는 동우도 몰랐다. 하지만 2학기에 들어서면서 성민재의 말과 행동이 사신에게 유독 가혹하다는 것을 알게 되었다. 이유가 뭔지는 희미하게 짐작만 할 뿐이었다.

성민재는 용돈을 꽤 많이 받는 모양이었다. 가끔 성민재는 아이들에게 무언가를 사 주면서 심부름을 시키고 자기 말을 듣게 만들었다. 하지만 동우는 그게 싫었다. 성민재가 동우에게도 그런 짓을 하길래 동우가 뭐라고 쏘아붙인 적이 있다. 아무래도 그때 일로 앙심을 품은 것 같았다.

어찌 되었든 동우는 폭력을 휘두른 가해자로 몰렸고 성민재는 피해자 코스프레를 하면서 보건실과 교무실을 오가며 일주일을 버텼다. 간간이 동우를 학폭으로 신고하겠다고 겁주는 소리도 들려왔다. 하지만 정작 신고는 하지 않았다. 성민재 자신도 아이들 앞에서 자신이 피해자라고 말하기가 민망했을 것이다. 아이들이 그 광경을 목격했고 진실을 알고 있으니까. 지난주 내내 아이들은 동우 편을 들어줬다. 그 자리에 있었던 사람이라면 누구라도 성민재가 먼저 시작한 싸움이라는 것을 알 것이다. 하지만 성민재가 돌아오자 다들 아무 일 없었다는 듯이 그 애를 맞이했다. 동우는 그 모습을 보며 배신감 비슷한 감정을 느꼈다.

"쫄딱 망한 거지새끼가 힘만 세 가지고."

성민재가 던진 말이 아직도 귀에 생생했다. 막상 그 말을 들었을 때 동우는 화를 낼 수 없었다. 선생님한테도 그 이야기는 하지 않았다. 그 말을 자신의 입으로 하고 싶지 않았기 때문이다. 오늘 아침 교실에 들어온 성민재는 화를 내지 못한 동우를 비웃는 것만 같았다. "쫄딱 망한 거지"라는 말이 '뻥'이었다면 동우도 화를 내거나 욕을 하면서 맞받아쳤을 것이다. 하지만 그건 사실이었다. 성민재는 동우네 집 사정을 알고 있었다. 아버지 사업이 어려워져 빚을 많이 지게 된 것도, 빚잔치하느라 이사한 것도 모두 알고 있었다. 어쩌면 성민재는 그런 사정 때문에 동우를 쉬운 타깃으로 생각했을지도 모른다. 그런데 그게 먹히지 않으니 약이 더 올랐을 테고….

뒤따라오던 세만이가 동우 옆으로 붙으며 말했다.

"이 시간에 나오니까 공기도 더 상쾌하고 물도 더 맑은 것 같다."

그러고는 숨을 크게 들이쉬는 시늉을 하며 둑방 아래로 흐르는 개천으로 시선을 옮겼다. 동우는 어이가 없었다. 자신을 데리러 왔다는 이야기는 순전히 핑계고 땡땡이칠 건수가 생겨 신이 난 것처럼 보였다.

"여기서 물이 맑은지 탁한지 보여?"

"딱 보면 알지. 넌 안 보여?"

세만이가 너스레를 떨며 웃었다. 동우는 남의 속이야 어떻든 해맑게 웃는 세만이가 어이없었다.

"어차피 미인정 결과니까 천천히 동네 구경이나 하다가 들어가자."

세만이는 이렇게 말하며 둑방에서 하천으로 난 계단을 내려가기 시작했다.

'뭐야? 저 녀석.'

동우는 어쩔 수 없이 따라 내려갔다. 계단은 하천 옆으로 난 길로 이어졌다. 비포장이라 사람들이 거의 다니지 않는 길이었다. 좁고 비탈진 흙길을 앞서거니 뒤서거니 뒤뚱뒤뚱 걷는데 세만이가 먼저 말을 꺼냈다.

"나도 엄청 억울한 적 있었어."

동우는 잠깐 자신의 귀를 의심했다. 장세만이 억울했던 일이 있었다고? 세만이는 동우가 듣든지 말든지 자기 이야기를 이어 갔다.

"작년에 우리 반에 커닝한 애들이 있었어. 한 번 했을 때는 모른 척했거든. 그런데 또 하려고 작전을 짜더라고. 그래서 그러지 말라고 했어. 그랬더니 애들이 다 나를 욕하더라. 치사하고 속 좁고 의리 없는 놈이라고."

담담하게 이야기를 시작했지만 목소리가 살짝 떨렸다. 속상한 마음이 아직 가시지 않은 모양이었다.

"경쟁은 정정당당하게 해야 하고 그걸 흩트리는 사람에게는 경고하고 지적하는 게 맞는 거 아닌가? 그런 걸 눈감아 주는 게 의리야?"

세만이의 목소리가 높아지는 것 같더니 이내 가라앉았다.

"그런 게 의리라면 나는 의리 없는 사람이 될래."

동우는 세만이가 느낀 감정이 무엇인지 알 것 같았다. 아마도 의리 없는 놈이라는 꼬리표가 붙어 학년이 끝날 때까지 놀림을 당했을 것이다.

"많이 힘들었겠다."

동우가 중얼거렸다. 동우보다 살짝 앞서 걷던 세만이가 걸음을 멈추었다. 하천 물이 흘러가는 소리가 더 크게 들렸다. 세만이가 동우를 슬쩍 돌아보며 말했다.

"맞아. 견디지 못할 만큼은 아니지만 힘들었어."

세만이의 얼굴을 보는 순간 동우는 깨달았다. 세만이가 아무 생각 없이 자신을 쫓아온 것이 아니라는 것을.

다시 세만

세만이는 동우의 걸음이 느려졌다고 느꼈다. 아까 학교를 나설 때보다 감정이 차분해진 걸까. 하천 길은 전방 50미터에서 다리 위로 이어지고 있었다. 다리 아래로는 길이 끊어져서 계단으로 올라가야만 했다. 그런데 저 다리를 건너면 어디로 가게 되는 걸까?

큰소리치고 나왔지만 동우를 따라 학교를 나온 것이 잘한 일이라는 확신은 없었다. 분명한 것은 동우를 혼자 두고 싶지 않다는 거였다. 혼자만의 생각이겠지만 세만이는 동우에게 마음의 빚이 있었다. 3월 첫 주, 그러니까 같은 반이 되고 며칠 안 됐을 때였다. 첫 수업에 체육 선생님이 기초 체력을 측정한다면서 100미터 달리기를 시켰다. 두 사람씩 뛰었는데 그때 함께 뛴 아이가 동우였다. 그때만 해도 서로 모르는 사이였다.

출발 신호와 함께 두 사람은 달리기 시작했다. 세만이는 낯선 아이에 대해 깊이 생각할 겨를이 없었다. 그저 작년에 낸 100미터 기록을 단축해야겠다는 생각으로 열심히 달렸다. 스타트는 좋았다. 상대를 간발의 차이로 앞서며 달려 나갔다. 그런데 같이 뛰는 아이가 만만치 않았다. 간격을 넓히려고 했지만 오히려 따라붙더니 앞서 나가기 시작했다. 세만이는 당황스러웠다. 그날따라 이상할 정도로 지기 싫었다. 이거야만 기록을 단축할 수 있다고 생각했던 것 같다. 더 빨리 달려 상대를 제치려고 서두르는 순간, 넘어지고 말았다.

'아, 망했다…'

머릿속이 하얘졌다. 아픈 것보다, 넘어져서 창피한 것보다 달리기 기록을 망쳤다는 사실이 속상했다. 그런데 앞서 가던 아이가 그 자리에 멈췄다. 결승점이 코앞인데도 그 아이는 멈춰 서서 세만이가 넘어진 곳으로 돌아왔다. 그 애의 눈이 묻고 있었다.

'너, 괜찮아?'

세만이는 낯선 아이의 행동에 어떻게 해야 할지 몰랐다. 일어나서 무릎을 툭툭 털기만 했다.

두 사람 다 끝까지 달리지 않았기 때문에 달리기 기록을 측정하지 못했고, 잠시 후 두 사람은 다시 달리게 되었다. 넘어지는 바람에 컨디션이 좋지 않았지만 세만이는 있는 힘을 다해 뛰었다. 그런데 이상했다. 상대 아이가 전력을 다해 뛰지 않는 것 같았다. 십여 초의 짧은 순간이지만 세만이는 분명히 느꼈다. 그 애가 자신에게 보조를 맞추며 뛰고 있다는 것을. 그리고 자신이 힘겹게 결승점을 밟은 후에 그 애가 가볍게 그곳을 통과하는 것을 보았다. 그걸 느낀 순간 세만이 마음속에 의문이 생겼다.

'뭐지? 일부러 져 준 건가? 아니 그보다 내가 넘어졌을 때 왜 멈췄지?'

세만이는 그 애를 이해할 수 없었다. 그대로 달려도 아무 문제없는데 왜 멈췄는지, 두 번째 달릴 때 왜 전력을 다해 뛰지 않았는지. 두 사람 다 달리기 기록은 당연히 형편없었다.

그때부터 세만이는 동우에 관한 일이라면 관심이 갔다. 학기 초 교실

뒤 게시판에 걸린 동우의 자기소개를 열 번쯤 읽어 보았다. 그 애가 수업시간에 발표할 때는 누구보다 경청하고 손뼉도 열심히 쳤다. 성민재가 동우에게 시비를 걸 때마다 끼어들지는 않았지만 유심히 관찰했다. 물론 누군가 끼어들어 동우 편을 들어야 할 정도로 동우가 밀리는 일은 없었다. 동우는 단단한 아이였다. 쉽게 건드리고 망가뜨릴 수 있는 아이가 아니었다. 하지만 이번에는 달랐다. 누군가의 도움이 필요하다고 생각했다.

언젠가 기회가 되면 물어보고 싶었다.

'그때 왜 끝까지 달리지 않았어? 왜 나한테 맞췄어?'

어쩌면 오늘이 그 순간일지도 모른다는 생각이 들었다. 계단 앞에 도착했을 때 세만이는 동우에게 물었다.

"다리 반대편은 어디로 이어져?"

"나도 몰라. 건너편은 안 가 봤어."

동우가 다리 위를 바라보며 말했다. 버스 한 대가 그 위를 느린 속도로 지나가고 있었다. 동우는 그 버스가 모습을 감출 때까지 물끄러미 쳐다보다가 물었다.

"결과라고?"

"그래. 결과…"

동우의 얼굴은 평소와 다를 바 없는 담담한 모습이었지만, 이런저런 생각으로 머릿속이 복잡한 것 같았다. 세만이는 조금 더 동우와 함께 있고 싶었다.

"우리, 다리 건너편까지 가 보자. 뭐 있는지 궁금해."

그러자 동우가 눈길을 돌려 세만이를 쳐다보며 물었다.

"너, 학교 안 들어가도 돼?"

세만이는 일부러 더 호들갑을 떨며 말했다.

"야, 뭘 벌써 들어가? 점심시간에 맞춰 들어가자."

"점심시간?"

"그래. 급식은 챙겨 먹어야지. 참, 오늘 메뉴 뭐더라?"

세만이가 점심 메뉴가 뭐였는지 기억을 더듬는데 동우가 먼저 입을 열었다.

"닭강정이랑 파무침."

그 말을 듣고 세만이는 피식 웃으며 덧붙였다.

"그래, 한 바퀴 돌고 점심시간 맞춰서 들어가자."

두 사람은 계단을 오르기 시작했다. 세만이는 지금이 물어볼 타이밍이라고 생각했다.

"나, 뭐 하나 물어봐도 돼?"

"뭔데?"

"혹시 학기 초에 달리기했던 거 기억나…?"

"달리기?"

동우는 생각이 잘 안 나는 모양이었다.

"그래. 첫 번째 체육 시간에."

"아아, 맞다. 그때 달리기했었지?"

동우는 그제야 그날 일이 떠오르는 모양이었다. 두 사람은 앞서거니 뒤서거니 계단을 올랐다. 둑방 길을 따라 자전거가 경쾌한 벨소리를 울리며 달려갔다.

강미

진주에서 성장기를 보내고 울산에서 교사 생활을 했다. 산, 밥, 벗을 좋아하며 나날이 성장하는 삶을 꿈꾼다. 2005년 제3회 푸른문학상 '미래의 작가상'을 받으면서 작품 활동을 시작했다. 대표작으로는 『길 위의 책』 『겨울 블로그』 『밤바다 건너기』 『안녕, 바람』 『사막을 지나는 시간』 등이 있다.

매직 아워

드르륵드르륵 턱, 길바닥을 울리던 소리가 멈췄다. 은결은 캐리어에서 손을 떼고 주위를 두리번거렸다. 나무 그늘에 낮은 가게들이 늘어섰고 숲이 끝나는 지점에 저수지 일부가 보였다. 어슴푸레한 대기를 딛은 노을이 하늘을 물들이고 있는 쪽이었다. 은결은 무의식적으로 손톱 끝을 씹으며 간판들을 바라보았다. 목적지인 '만평국수'는 상가 제일 끝, 저수지에서 가장 가까운 곳에 있었다. 슬며시 웃음이 나왔다. 만평 저수지는 얼마나 넓은지 몰라도 가게는 만 평은커녕 백 평도 안 돼 보였다.

"민은결? 맞아?"

말소리를 따라 뒤돌아보니 중키에 펑퍼짐한 여자가 서 있었다. 큰이모였다. 은결은 큰이모가 어릴 때 보았던 외할머니와 똑같이 생겨 놀라고, 엄마보다 훨씬 나이 들어 보여 또 한 번 놀랐다. 큰이모는 은결의 아래위를 훑어보며 시크하게 말했다.

"새침데기 계집애였는데, 많이 컸다. 길에서 만나면 못 알아보겠어. 잘 찾아왔네. 들어가자."

은결은 손톱을 물어뜯으며 큰이모 뒤를 따랐다. 은결이 묵을 방은 주방 뒷마당에 있었다. 좁은 데다 한쪽에 국수 박스까지 쌓여 있었지만, 찬밥 더운밥 가릴 처지가 아니라는 것쯤은 알고 있다. 은결은 저녁부터 먹자는 큰이모 말에 캐리어만 방에 밀어 넣고 돌아섰다.

불고기는 달콤하고 오이냉국은 시원했다. 은결은 큰이모를 곁눈질하며 먹는 속도를 맞추었다.

"편하게 먹고 편하게 생각해. 나도 그럴 거야. 반찬이 입에 맞는지 모르겠네."

"맛있어요. … 국수 먹을 줄 알았어요."

대답이 재밌다며 큰이모가 웃었다. 은결은 다소 마음이 느긋해지고 큰이모는 이런저런 질문을 가볍게 던졌다.

"… 혼자 지내세요?"

숟가락을 놓으며 은결이 조심스럽게 물었다. 한 달 동안 지내려면 알아야 할 정보이기도 했다.

"네 이모부 일찍 세상 뜨고 애들, 학교며 직장으로 떠난 뒤부터 그렇지. 올해 십 년째."

국수 장사로 아들 둘을 의대로 보냈다는 얘기는 엄마에게 들었다. 그때 엄마는 은결에게 좋은 얘기만 하고 싶었는지 대단한 언니, 대견한 조카들이라고 추켜세웠다.

"근데 너, 볼수록 네 엄마 닮았어. 반달눈썹에 쌍꺼풀, 아래턱이 조금 나온 것까지."

"어, 엄마랑요? 저는 잘 모르겠는데…"

은결은 초등학교 2학년 때 헤어진 엄마를 얼마 전에 다시 만났다. 부모가 이혼하면 애는 대개 엄마가 키운다는데 은결은 아빠와 남게 되었다.

자주 굶고 외로웠으며 요리와 청소를 빨리 익혔다. 아침 일찍 집을 나갔다가 저녁 늦게 돌아오는 아빠는 은결의 언어와 은결의 성장에 관심이 없었다. 늘 무언가에 화난 것처럼 보였는데 은결이 점점 집안일을 많이 해도 표정은 풀리지 않았다. 아빠는 필요한 물건과 돈을 정기적으로 제공했고 은결도 그게 아빠의 역할인 줄 알았다. 혼자 초등학교와 중학교를 졸업하고 고등학교에 입학하면서도 다들 그렇게 지내려니 했다.

그러다가 두 달 전 아빠 차가 덤프트럭과 충돌하는 사고가 났다. 여러 번의 수술에도 아빠는 여전히 중환자실에 있고, 누가 어떻게 연락했는지, 먼 도시에 사는 엄마가 나타났다. 데면데면하고 어색한 사이를 녹일 틈도 없이 엄마는 경찰서와 병원을 바쁘게 오갔다. 엄마는 아빠 친척이 하나도 없으니 딱하다고 했고, 아빠 과실이 많아 수습이 힘들다고 했다. 돈 벌어 다 뭐 했는지 모르겠다, 병원비가 쌓이는데 언제까지 버틸 수 있을지 걱정이라고도 했다.

큰이모가 낮은 한숨을 쉬며 말했다.

"에휴, 아파트까지 내놓고… 그저 착해 빠져서…."

누구를 두고 하는 말인지 모르겠지만 은결이 가장 많이 들었던 말이기도 했다. 그저 가만히만 있으면 착하다고 했으니 착하게 살기는 은결에게 가장 쉬운 일이었다.

"은결아, 네 엄마도 힘들 거야. 그쪽 가족도 여러 준비가 필요할 테고. 네 엄마 말처럼 2학기에 가는 걸로 하고 여름방학은 여기서 지내. 음… 사람 목숨은 하늘에 매인 일, 아빠 생각도 조금만 해. 너를 봐서라도 험한 일은 안 생길 거야."

울컥 눈물이 날 것 같아 은결은 고개만 끄덕였다. 그동안 아빠는 물론 갑자기 나타난 엄마도 은결에게 상황을 설명하거나 양해를 구한 적이 없다. 학교에서도 늘 존재감이 없는 아이라 선생님에게 이름 불리는 일도 없고 점심도 혼자 먹었다. 아빠가 병원에 있다고 해도 은결의 일상은 달라질 게 없었는데 방학과 동시에 짐을 싸야 했다.

집에서건 학교에서건 상황대로 스며들었던 은결은 사흘 만에 만평국수 식구가 되었다.

새로운 일상은 아침노을이 퍼질 무렵 시작되었다. 점심시간만 도우라고 했지만, 은결은 새벽시장에서 돌아오는 큰이모 기척이 들리면 뒷마당으로 나갔다. 수돗가에 산더미로 부려진 각종 채소를 다듬고 열무김치 담그는 일을 도왔다. 맛국물을 만들고, 콩나물을 삶아 식히고, 오이를 채 썰고, 달걀을 삶은 뒤 아침밥을 먹었다. 이런저런 말을 곰살맞게 주고받는 건 아니었지만 은결은 그럭저럭 큰이모의 짝이 되었다.

인스턴트커피를 마시며 한숨 돌리고 나면 11시, 파트타임으로 일하는 김 언니와 박 언니가 출근했다. 두 사람은 큰이모보다 젊었지만, 사장이든 종업원이든 상관없이 서로 언니라고 부르는 통에 은결도 김 언니, 박 언니라고 불렀다. 엄마보다 나이가 많은데 언니라고 부르는 게 어색했지만 곧 익숙해졌다.

만평국수가 아니라 대박국수라는 우스갯소리를 실감했다. 메뉴는 열무국수, 열무비빔국수뿐이었는데 손님들이 밀려드는 게 신기했다. 사람들이 어디에 모여 있다가 한꺼번에 들어오는지, 12시가 되기 전에 테이블이 차고 대기 줄이 생겼다. 큰이모와 김 언니는 주방에서, 은결과 박 언니는 테이블 사이에서 그야말로 눈코 뜰 새 없이 바빴다. 은결은 난생처음 소리 높여 물 둘, 비 셋 같은 말을 외쳤고 국수 양푼을 우당탕 설거지했다.

만평국수는 물, 커피와 함께 계산도 셀프였다. 손님이 직접 스스로 김치 통에 현금을 넣거나 신용카드를 긁었다. 벽에 붙여 둔 큰이모 계좌번호로 송금하기도 했다. 단골손님들은 당연하게 여겼고 처음 오는 사람은 긴장했다. 그들은 혹시라도 오해받을까 봐 넣었다고, 부쳤다고 확인해 보라고 했다.

"장 언니 그만두고 사람 못 구해 힘들었는데, 하늘이 날 돕나 봐."

"요즘 애들 같지 않게 척척, 손이 빠르고 힘도 좋아요."

"맞아요. 새벽에 못 나올 형편이라 미안했는데 조카 덕분에 우리도 마음이 편해요."

큰이모와 언니들은 은결을 칭찬했다. 칭찬을 떠나서 은결은 바쁜 게 좋았다. 혼자 있을 때는 버겁기만 한 시간, 가만있으면 더디 흘러가는 시간이 함께 일할 때는 꼬리를 내리며 금방 지나가 주었다.

오후 3시, 만평국수가 문을 닫는 시간이다. 김 언니, 박 언니는 안팎 뒷정리로 여전히 바쁘지만 은결은 퇴근이다. 새벽부터 일했으니 하루치 노동으로 넘친다며 큰이모가 정한 룰이었다. 은결은 땀에 젖은 몸을 씻고 기다렸다는 듯 찾아온 잠에 스르르 빠져들었다. 어떨 때는 너무 피곤해서 에어컨만 켜고 방바닥에 널브러지기도 했다.

* * *

20일째, 큰이모에게 두 번째 돈봉투를 받았다. 일한 만큼이라지만 지난번처럼 금액이 꽤 컸다. 받아도 되나 싶은 마음은 여전했고, 큰이모의 이상한 계산법을 물어보고도 싶었지만, 은결은 몸에 밴 습성으로 고개만 끄덕였다.

아직 햇빛이 쨍쨍했지만, 은결은 식탁 앞에 앉았다. 새벽부터 움직이다 보니 저녁밥을 빨리 먹는 것도 익숙해졌다. 큰이모와 함께 지내니 삼시 세끼가 정확했다. 굶거나 햄버거로 때우던 예년의 방학과는 달랐고 매번 양껏 먹는데도 살이 빠졌다. 큰이모는 턱선이 살아나고 목이 쭉 빠지니 더 예뻐 보인다고 했다. 김 언니와 박 언니도 그렇다고 했지만 은결은 예쁘다는 말이 낯설고 어색했다. 그래도 캐리어에 넣어 둔 돈봉투처럼 마음이 든든하긴 했다. 거울을 만날라치면 잠시 멈추기도 했다.

설거지를 마친 은결은 숲을 지나 카페 2층으로 갔다. 언제나처럼 카푸치노를 주문했다. 거의 유일한 지출항목이지만 아깝지 않았다. 오늘도 은결은 저수지가 한눈에 내려다보이는 자리에 앉아 손톱을 잘근잘근 씹으며 노을을 기다렸다. 핸드폰이 여러 번 울렸지만 가장 좋아하는 풍경에 집중했다. 멀리서부터 천천히 움직이던 노을이 가까운 하늘을 삽시간에 물들였다. 이윽고 노을이 저수지까지 집어삼켜 하늘과 물의 경계가 사라지고 거리가 아득해졌다. 이 순간만큼은 이름에 걸맞게 만평 아니그 이상으로 넓어 보였다. 오늘도 가슴 부근이 일렁거리면서 두 줄기 눈물이 볼을 탔다. 눈물은 외롭거나 슬플 때와 마찬가지로 장엄한 풍경을 볼 때도 찾아오는가 보았다. 은결은 손등으로 눈물을 닦았다.

짧은 환상을 보았나 싶을 정도로 붉은 기운이 삽시간에 옅어졌다. 노을이 물러나고 점점 어두워 가는 저수지를 내려다보며 은결은 물기가 송송 맺힌 잔을 들었다. 거품이 내려앉은 카푸치노를 천천히 마신 다음 핸드폰 문자창을 열었다. 신경이 바짝 서 있으면서도 일부러 늦게 확인하기, 필요할 때만 찾는 엄마에게 은결이 할 수 있는 최소한의 반항이었다.

—방송국은 오케이. 그거 아무나 되는 거 아냐. 아빠랑 네 주변 다 알아봤겠지. 그동안 착하게 살았으니 기회가 주어진 거야.
—큰이모한테 얘기 안 했더라. 방금 통화해서 촬영 들어갈 거리 했어.
—작가가 먼저 가기로 했으니 그리 알아. 연락 갈 테니 작가 번호 입력해 두고. 걱정하지 마. 시키는 대로만 하면 된대.

눈으로 읽긴 했으나 머리까지 닿기 전에 글자들이 허공에 흩어지는 것 같았다. 내용을 모르겠다는 게 아니라 마음이 내키지 않았다. 여태까지 무슨 일이든 그냥 끌려갔지만, 그게 은결의 삶이기도 했지만, 방송 촬영은 상상조차 해 보지 않았다.

얼마 전 방송국에 보낸 사연이 채택될 것 같다는 엄마 말에 방송을 보긴 했다. 공영방송에서 주말 저녁에 방영되는 〈함께 가는 길〉은 겹치기 불행으로 힘겹게 살아가는 사람의 사연을 소개하여 시청자들의 후원을 끌어내는 프로그램이었다. 은결이 본 편은 온몸에 화상을 입은 남자애가 주인공이었는데 모자원이라는 시설에서 지내면서도 밝고 열심히 살아가는 엄마와 누나가 조명되었다. 프로그램은 취지에 맞게 잘 만든 것 같다. 특히 초등학교 5학년인 누나가 늦게 퇴근하는 엄마를 위해 어설프게 김밥을 마는 장면, 성형수술을 앞둔 동생이 잘 이겨 내겠노라고 다짐할 때는 은결도 눈물이 나고 후원하고 싶어졌으니 말이다.

은결은 아빠와 자신의 이야기를 방송용으로 상상해 보았다. 아파트로 다시 가야 하나, 담임과 반 애들은 인터뷰에 응해 줄까, 만평국수도 나오는 걸까, 엄마랑 엄마 집도 촬영하나…. 이런저런 생각에 빠져 있던 은결은 아얏, 소리를 질렀다. 손톱을 물어뜯지 않겠다고 큰이모와 약속했는데 무의식적으로 생살까지 씹었나 보았다. 약지에 맺힌 피를 물끄러미 바라보는 중에도 머릿속은 왕왕거렸다. 엄마는 어떻게 방송국에 사연 보낼 생각을 다 했을까, 아파트를 팔아도 병원비 감당이 안 되는 걸까…. 은결은 머리를 흔들며 벌떡 자리에서 일어났다.

다음 날, 전쟁 같은 점심 장사를 마치고 앞치마를 벗으려는 순간이었다.

"혹시 민은결 학생? 맞죠? 안녕하세요."

혼자 와서 비빔국수를 시켰던 젊은 사람이었다. 다 먹고도 계속 앉아 있어서 이상했는데 다른 용무가 있었던 모양이었다. 은결은 엉겁결에 고개를 숙이며 단발머리 여자에게 받은 명함을 들여다보았다. 방송국 로고와 함께 '작가 최윤슬'이라고 적혀 있었다. 은결은 휘둥그레한 눈으로 명함과 단발머리를 번갈아 보았다.

"최 작가라고 불러 주세요. 미리 은결 학생도 만나고 동네도 볼 겸 내려왔어요. 사전 인터뷰로 생각하면 돼요."

명함과 최 작가를 힐끔거리던 김 언니가 끼어들었다.

"와, 우리도 드디어 맛집 촬영하는 거예요? 사장님, 웬일이시래, 온갖 방송국 다 거절하더니…"

"저저, 김 언니, 또 앞서간다."

큰 소리와 함께 큰이모가 주방에서 나와 은결 옆에 섰다. 최 작가가 건

네는 명함을 보는 둥 마는 둥 하더니 말을 이었다.

"은결아, 네가 오시라 했어? 하기로 한 거야?"

심상찮은 분위기를 느꼈는지 최 작가가 당황하며 말했다.

"아, 아침부터 계속 전화하고 메시지도 남겼는데… 어머니께서 가면 된다고 하셔서…."

"애 엄마야 뒤로 숨으면 그뿐이니 쉽게 생각할 수 있죠. 방송 출연할 사람 의사를 확인하는 게 먼저인 거 같은데, 이렇게 불쑥 나타나면…."

"죄송합니다. 제가 부족했습니다."

최 작가가 고개를 깊이 숙이며 말했다. 너무 깍듯한 바람에 큰이모가 멈칫했고 끼어들 포인트를 노리던 김 언니도 당황했다. 논란의 중심에 선 것만 같은 은결은 다시 애먼 손톱을 물어뜯었다. 냉랭하고 애매한 분위기를 바꾼 건 눈치 9단 오지라퍼 박 언니였다.

"에이, 나쁜 사람 아니구먼. 일단 앉아요. 사장님, 멀리서 오신 분인데 용건이나 들어 봐요. 커피 내올게. 은결아, 너도 여기 앉아."

그쯤 되니 큰이모도 어쩌지 못하고 최 작가에게 건너편에 있는 의자를 가리켰다.

어색했던 분위기는 수박과 냉커피를 먹고 마시는 동안 사르르 녹았다. 은결은 그저 듣고만 있었지만, 여자 어른들은 금방 웃고 떠들었다. 나이 차이에도 불구하고 최 작가는 시원시원했다. 나이와 옷차림에서 시작된 이야기가 열무국수 대박 비결, 만평 저수지 등으로 휘돌았는데 최 작가의 질문에 만평국수 식구들은 자부심을 담아 대답했다.

"셀프 계산이 놀랍네요. 키오스크 쓰시면 되는데, 요즘엔 테이블마다 놓는 것도 있어요. 아무래도 악용하는 사람이 있죠? 아까 저도 보니까…."

"아, 그건 우리 사장님 철칙이야. 사장님, 말해 봐요."

최 작가와 김 언니의 말에 큰이모가 겸연쩍어하면서 입을 열었다.

"철학은 무슨… 별 뜻 없어요. 젊어 그런지 우리 아들도 작가님과 똑같이 말하긴 해요. 그런데 기계도 다 돈인데 이깟 국수 얼마나 한다고 그걸 설치하나. 국수 값 속이는 사람 없지만, 국수 사 먹을 돈도 없는 사람이라면 여기서라도 편하게 먹었으면 해. 그, 키 뭔가 하는 기계에 들어가는 돈보다 사람이 먹는 게 더 나은 게 아닌가 해서…."

"그런 쪽 단골손님이 많다는 얘긴 안 하시네."

박 언니가 덧붙였다. 은결도 큰이모에게 계산 없이 나가는 손님을 일러바친 적이 있다. 그때 큰이모는 매번 그러지는 않는다고, 절대 모른 척하라고 당부했다. 최 작가는 연신 고개를 주억거리며 큰이모가 존경스럽다고 했다.

분위기가 무르익어 방송국이며 연예인으로 흐른 이야기가 한참 만에 〈함께 가는 길〉에 닿았다.

"나도 자주 보는 프로야. 나오는 사람도 착하고 도와주는 사람들도 다 착해. 세상 아직 살 만하다 싶더라. 근데 촬영 그거 어렵지 않나?"

그새 친해졌다고 김 언니는 반말을 했다. 하지만 최 작가는 아랑곳하지 않고 말을 받았다.

"금방 익숙해져요. 대본도 일부 나가고요."

"그냥 자연스럽게 찍는 거 같더니, 미리 짬짜미하는 거요?"

이번엔 큰이모가 말했다.

"아무래도 시간은 짧고 목적은 있으니까요."

"목적? 최대한 불쌍하게 보여 최고로 동정을 얻게 하는 거?"

큰이모 말이 떨어지자마자 박 언니가 눙치듯 말했다.

"아따, 오늘따라 우리 사장님 왜 그러신대요? 아빠 살리겠다는 건데…."

"현대판 심청이 만들려고? 아버지 눈 뜨게 하려고 인당수 뛰어드는 거 같잖아."

큰이모였다. 웃고 떠든 시간을 뒤로하고 말이 삐딱선을 됐다.

"아직 결정 난 건 없어요. 저는 그냥 사전 탐색 차 나온 거고요. 올라가 회의 거쳐서 최종적으로 결정합니다. 그사이 피디도 내려올 수 있고요. 아, 이건 어디까지나 당사자가 출연 의사를 밝힌 후의 진행 과정이에요. 그런 일은 없어야겠지만, 촬영해 놓고 방송 못 나가는 일도 있고요."

"암만, 우리나라 제일 큰 방송국이 하는 일인데 어련하겠어? 에고 저 답답이, 은결아, 얼른 한다고 그래. 네 덕에 우리도 방송 한번 타 보자."

김 언니는 기대가 큰 모양이었다. 은결은 저녁노을 앞에 선 것처럼 머리가 텅 비고 입이 열리지 않았다. 그동안 어떤 일이든 스스로 결정해 본 적이 없다. 집에서든 학교에서든 은결의 생각을 묻는 사람도 없었다. 늘 은결은 가만히 있었고 자연스럽게 착한 아이가 되었다.

은결을 보던 최 작가가 큰이모에게 말했다.

"제가 하루 정도 여기 있으면서 얘기를 좀 더 해 보면 어떨까요? 은결 학생 생각은 그다음에 들어도 될 거 같은데요."

"음, 민은결, 그렇게 할래?"

갑자기 날아든 말에 은결은 엉겁결에 고개를 끄덕였다.

내내 뒤척이다가 겨우 잠들었던 은결은 밖에서 들리는 소란에 눈을 떴다. 여름 햇살이 벌써 방을 채우고 있었다. 은결은 커튼 뒤에 서서 뒷마당을 쳐다보았다. 수돗가에서 큰 함지박 여러 개를 사이에 두고 큰이모와 최 작가가 열무를 다듬고 있었다. 이렇게 일찍부터 나타날 줄은 몰랐다. 어제 서울로 가지 않고 가까운 데서 잤나 보았다. 지금 담는 열무는 사흘 뒤에 쓸 거, 이런 걸로 세 통 정도라고 말하는 큰이모 말이 들렸다. 큰이모의 말투가 어제와 달랐다. 가끔 아들과 통화할 때처럼 부드러웠고 그래서 낯설었다. 하룻밤 만에 무슨 일이 있었던 건지, 어른들의 세계란 참 이해할 수 없다. 은결은 일복으로 갈아입다 말고 창문 옆에 바짝 붙었다. 은결이 엄마,라는 말이 귀에 꽂혀서였다.

"걔는 나랑 달라. 자랄 때부터 활달하고 꿈이 컸지. 실패를 많이 했는데 재기도 잘해."

"은결이는 엄마를 안 닮았나 봅니다."

"오랜만에 만나 보니, 겉은 닮았는데 속은 완전 제 아빠야. 착하고, 자기주장 없고, 조용하고."

"서로 안 맞아서 결국…"

"은결 엄마 성격이 그래. 확 불붙어 앞뒤 안 재더니만… 지금 제부랑 다시 사달이 난 거야. 내 동생이지만, 보고 있으면 불안불안해. 최 작가, 거기 큰 통 이쪽으로 넘겨 줘요. 맞아, 그거."

은결이 뒷마당으로 나가니 큰이모는 열무에 소금을 뿌리고 최 작가는 수돗물을 흘려 가며 뒷정리를 하고 있었다. 최 작가가 환하게 웃으며 잘 잤냐고 물었고 큰이모는 열무 함지박이며 씻어 놓은 채소들을 눈으로 죽 가리켰다. 뒷마당 일은 다 끝났다는 뜻이었다. 은결은 고개만 숙이고 주방으로 들어갔다.

71

글만 쓰는 줄 알았던 최 작가는 식당 일에도 능했다. 20대부터 알바로 단련된 몸이라는 게 농담이 아니었다. 주방과 홀을 스캔하듯 둘러보더니 이내 김 언니, 박 언니 모드가 되었다. 며칠 동안 버벅거렸던 은결과 달리 최 작가는 자기 가게라도 되는 듯 자연스럽고 손이 빨랐다. 덕분에 테이블 회전 속도가 빨라지고 대기 시간도 짧아졌다. 손님이 썰물처럼 빠져나가고 난 뒤에도 한결 덜 피곤했다.

설거지까지 마치고 냉커피를 든 채 테이블에 앉았다. 주문 실수며 손님 뒷담을 함께 나누는 최 작가는 영락없는 만평국수 식구로 보였다. 어제 이 시간에 처음 만났다는 게 상상이 잘 되지 않았다. 24시간 만에 벌어진 변화라는 게, 눈으로 보면서도, 믿을 수 없었다.

다시 가게 문을 열고 들어갔을 때 최 작가는 노트북 작업을, 큰이모는 텔레비전을 보고 있었다. 은결이 방에서 쉬는 동안 최 작가는 계속 가게에 있었나 보았다. 사실 쉬지는 못했다. 간밤부터 계속 유튜브만 봤다. 평소엔 그냥 넘겼을 공익 방송 위주였다. 생리대 살 돈이 없는 여학생, 집이 없어 모텔을 전전하는 형제, 암 투병하는 어린아이, 할머니를 도와 폐지 줍는 손자…. 은결은 몇 번이고 눈을 슴벅거리며 천진하면서도 슬픈 얼굴들을 보았다. 화면 속 얼굴을 자기 얼굴로 바꿔 보기도 했다. SNS야 고작 30초 영상이지만 텔레비전 정규 프로그램은 30분이나 노출이 되니, 도무지 자신이 없었다.

"아, 은결아. 산책 시간이지? 잠깐만 기다려."

최 작가는 노트북을 챙기며 말했다.

"사장님, 혹시 모르니 인사 미리 드릴게요. 늦으면 그냥 올라가려고요.

인생 이야기들, 감사했습니다. 곧 다시 뵐게요."

"일만 푸지게 시켰네. 미안해서 어쩌나…. 은결이하고 저녁이라도 먹고 가. 저 아래 젊은 사람들 잘 가는 식당 많아."

큰이모가 오만 원권 지폐를 내밀자 최 작가는 손사래를 쳤다. 가게 일은 자발적으로 즐겼고 출장비 받고 오가는 거라며 똑 부러지게 말했다. 큰이모가 난처해하자 최 작가는 은결을 앞세우며 얼른 가자고 했다. 은결은 떠밀리다시피 가게를 나왔다.

"어머나, 맥문동이 한창이네. 오, 보라보라, 정말 예쁘지 않니?"

숲 자락에 들어서자 최 작가가 감탄하며 핸드폰을 꺼냈다. 맥문동? 꽃 이름인가 보았다. 며칠 전부터 소나무 아래를 서서히 물들인 막대기처럼 생긴 꽃이었다. 수없이 많은 꽃이 소나무 사이사이를 빼곡하게 메워 보라색 카펫을 깔아놓은 것 같았다. 이름도 모양도 특이하지만, 함께 모여 있으니 환상적인 분위기를 연출했다.

"아, 아깝다. 지금 찍으면 화면발 죽이겠는데…."

최 작가는 중얼거리다 말고 멈칫했다.

"좋은 풍경을 보면 아까워서…. 직업병이야, 직업병."

최 작가는 웃으면서 은결의 팔을 꼈다. 은결처럼 최 작가도 온통 촬영 생각에 빠져 있는 듯 보였다. 최 작가는 팔짱을 낀 채로 보라색 카펫 사이로 걸어갔다. 은결은 바짝 붙은 최 작가가 어색하고 불편했다. 팔을 빼고 싶었으나 적당한 순간을 찾지 못한 채 은결은 저수지 카페까지 갔다.

늘 앉던 자리로 안내했더니 최 작가 눈이 휘둥그레졌다.

"와아, 여기 묘하다. 물 한가운데 선 거 같아."

"좀 있으면 더… 멋질 거예요."

최 작가가 진심으로 좋아하는 것 같아 은결은 조금 우쭐거리며 말했다.

"은결인 예쁘다는 소리 많이 들었지? 이제 보니 얼굴만 예쁜 게 아니라 안목도 훌륭하다."

예쁘다는 말이 여전히 어색한 은결은 적당한 대답을 찾을 수 없었다. 최 작가는 은결의 침묵을 긍정으로 알아들었는지 자기 말을 이었다.

"너무 마음 무겁게 생각하지 마. … 사실은 나도 후원금으로 학교 다녔어. 집이 너무 어려웠거든. 대학 땐 알바 서너 개씩 뛰었고. 살다 보니 악순환의 고리가 끊어지기도 하더라. 그래서 이 프로그램도 더 잘하고 싶은 거야. 다 내 어릴 때 같고 보람도 크고."

고상하고 우아하게만 보였던 최 작가에게 힘든 과거가 있다는 게 놀라웠다. 은결은 최 작가가 한결 친근하게 여겨져 질문도 하게 되었다.

"작가님 어릴 때도 그런 방송이 있었어요?"

"아니, 학교에서 지역 기업을 연결해 줬는데 장학금 형태로 학비, 급식비에 용돈까지 받았어. 그때 담임 샘이 그냥 당당하게 받으면 된다면서 회사 이름도 안 가르쳐 주더라. 너도 마찬가지야. 부끄러운 일 아니고 미안할 필요도 없어. 다음에 여유가 생길 때 다른 사람들에게 베풀면 돼. 아름다운 번짐이지."

때마침 서쪽 하늘이 물들기 시작했다. 이럴 때 노을은 성큼성큼 걸어오는 거인 같다. 어느새 저수지까지 붉게 물들여 하늘과 물의 경계가 사라졌다.

"오, 매직 아워!"

최 작가가 연신 핸드폰 카메라를 누르면서 말했다. 마술 시간? 하늘이 마술을 부린다는 건가. 굳이 영어를 써야 하나 싶으면서도 은결은 고개를 끄덕였다. 눈물이 날 만큼 장엄한 풍경이니 마술이라면 마술이었다. 은결은 눈물을 들키고 싶지 않아 물방울 맺힌 컵으로 얼굴을 가렸다.

"참, 은결아, 우리 인연이 예사롭지 않아. 이름도 같잖아."

최은결? 처음 명함을 받을 때 왜 몰랐을까 싶었다.

"난 최윤슬이잖아. 뜻이 같거든. 저기 반짝반짝 빛나는 저 물결 말이야. 저게 은결이고 윤슬이야. 어? 몰랐어?"

"예, 처음 들었어요."

"그랬구나. 난 네가 은결이라서 처음부터 좋았는데…. 반짝반짝 빛나는 아이로 글 써야겠다는 생각도 했어. 너를 매직 아워에 세워 줄게."

최 작가의 말에 은결은 다시 〈함께 가는 길〉의 초딩 누나를 생각했다. 최 작가를 만난 어제부터 무슨 말을 하고 어떤 행동을 하든 마음속에서는 되돌이표가 작동되었다. 동생의 화상 부위에 붕대를 감던 그 애, 작아진 신발을 구겨 신으며 엄마에게는 비밀이라던 그 애가 불쑥불쑥 떠올랐다. 방송은 한 번이겠지만 영상은 유튜브에 업로드되어 오래오래 떠돌겠지. 동생의 수술비를 해결하는 대신 그 누나는 마음에 3도 화상을 입을 것이다. 착하고 의젓한 캐릭터이니 두고두고 혼자 감당해야 할 상처일 것이다. 안타까움이든 업신여김이든, 은결은 주위 사람들과 시청자들이 보내올 시선도 받아 낼 자신이 없다. 그럴 바에는 심청이처럼 어디론가 팔려 가는 게 나을 것 같았다.

은결을 바라보던 최 작가가 말없이 팔을 뻗었다. 누군가에게 안겨 보는 일은 처음이었지만, 은결은 주춤거리는 마음과 달리 가만히 있었다. 최 작가가 울지 말라며 등을 토닥거리는 동안 은결은 붕대 감던 초딩 누나 생각으로 돌아가 있었다.

저수지 둘레로 가로등이 커졌다. 그 바람에 숲과 물의 어둠이 더 실감나 보였다.

아까와 달리 최 작가가 앞장서고 은결이 뒤를 따랐다. 주차장에 도착한 최 작가는 곧 다시 만나자며 은결을 짧게 안았다. 은결은 최 작가가 차에 올라타고, 손 흔들고, 떠나는 모습을 지켜보았다. 노을처럼 붉고 윤슬처럼 빛나는 스포츠카였다. 10대 최 작가는 은결과 비슷해 보였는데 30대 최 작가는 저 높은 세계에 사는 사람 같았다.

스포츠카 후미등이 완전히 사라졌다. 그때까지 주차장 귀퉁이에 서 있던 은결은 핸드폰을 꺼내 '은결'을 검색했다. 이제라도 뜻을 알게 되어 다행이었고 은결이 좋아하는 풍경을 담고 있는 이름이라 기뻤다.

매직 아워에 세워 주겠다는 말이 떠올라 '매직 아워'도 찾아보았다. 매직 아워는 해가 뜨기 전 30분과 지고 난 후의 30분을 가리킨다고 했다. 그림자가 없어 색상이 금색으로 빛나며 부드럽고 따뜻한 상태가 되는 시간이었다. 해 질 녘 30분이라면 은결이 날마다 카페를 찾는 시간, 하늘을 물들인 노을이 저수지에 빠지는 풍경을 만나는 때다. 그래서 더 아름다워 보였고 그래서 최 작가도 핸드폰을 거듭 눌렀나 보다. 은결은 이름의 뜻을 알게 된 것처럼 매직 아워가 자신이 사랑하는 풍경이 펼쳐지는 시간이라는 게 새삼스레 좋았다. 부드럽고 따뜻한 그 무엇이 마법처럼 자신을 감싸는 느낌이 들었다.

대문으로 들어가려던 은결은 걸음을 멈추었다. 영업이 끝나고 어둠 속에 묻혀 있어야 할 가게에서 불빛이 새어 나오고 있었다. 은결은 무슨 영문인가 싶어 살며시 문을 열었다.

1번 테이블에 큰이모가 술잔을 든 채로 앉아 있었다. 큰이모는 은결을 보자 손에 들고 있던 핸드폰을 내렸다. 가까이 다가가는 은결의 귀에 나중에 다시 연락하자는 말이 들렸다.

"오늘 최 작가 때문에 밥때를 놓쳤잖아. 너 기다리다가 한잔하는 중이야."

"오늘은 갈치랑 소주네요. 데워 드릴까요?"

은결은 큰이모에게 친근하게 부닐었다.

"괜찮아. 네 몫으로 덜어 둔 찌개나 가져와. 밥도 퍼 오고."

무심한 듯 말해 놓고 큰이모는 은결이 마주 앉자 기다렸다는 듯 소주잔부터 내밀었다.

"큰이모, 저 학생이에요. 술 마시면 안 돼요."

"저런 숙맥 보소. 어른이 주는 술은 괜찮아. 영업시간도 아니니 법에 걸릴 것도 없고. 마음 복잡할 때는 이만한 약이 없단다."

큰이모의 채근에 은결은 잔을 받아 입술에 댔다. 무색무취, 은결은 투명한 액체를 입안으로 흘렸다. 처음엔 아무 느낌도 없었다. 하지만 곧 목을 타고 뜨거운 막대기 같은 게 내려가더니 이내 가슴과 배를 흔들었다. 술 한 모금이 주는 변화가 놀라워 은결은 한 모금을 더 마셨다. 얼굴이 달아오르고 몸이 나른해지는 느낌이 나쁘지 않았다.

"어쭈, 잘 마시네. 네 엄마는 질겁하겠지만, 걔보다 내가 널 더 사랑하는 것 같으니까 할 수 없다. 앞으로 나랑 술친구 하자."

큰이모가 찌개 냄비를 앞으로 내밀며 호쾌하게 말했다. 은결은 웃고 싶기도 하고 울고 싶기도 한 심정으로 고개를 끄덕였다. 이스트 넣은 빵처럼 몸과 마음이 부풀어 올랐다. 끓다가 냄비 밖으로 넘치는 물처럼 자기도 모르게 말이 흘렀다.

"큰이모, 저는요, 저는 하기 싫어요."

"술친구 안 하겠다고?"

큰이모가 놀라며 말했고 은결은 당황한 나머지 얼른 말을 이었다.

"아, 아뇨. 방송 말이에요. 출연하기 싫어요."

"으음, 왜?"

"동정받기 싫어요. 제 사정 남이 아는 게 싫어요. 저보다 더 어려운 사람도 있을 거고… 아, 어쨌든 두고두고 쪽팔리잖아요."

"그러면 하지 마. 뭐가 문제라고."

은결은 한숨을 푹 쉬었다.

"그럼 아빠 병원비는요?"

"너부터 생각해. 하고 싶지도 않은데 끌려갈 수는 없지. 네 인생이다."

"모르겠어요. 어, 엄마도 원하는 일인데…."

"네 엄마? 걔, 옛날부터 욕심이 많았어. 새 식구들한테 널 그럴듯하게 보이고 싶은 거야. 흠, 지참금 같은 걸 만들고 싶을 수도 있지."

은결은 큰이모 말에 자기도 모르게 고개를 끄덕이고 말았다. 엄마를 비방하는 거침없는 표현이었으나 이상하게도 안도감이 들었다. 엄마는 은결이 상상했던 그런 엄마가 아니었다. 십 년 만에 만났는데도 포옹은커녕 잘 자라 줘서 고맙다거나 떠나서 미안하다는 말을 하지 않았다. 힐끗 쳐다보곤 엄마의 각본을 들이밀 뿐이었다. 드라마나 영화로만 모녀 관계를 경험한 은결은 아빠와 지낼 때처럼 외롭고 슬플 수밖에 없었다.

눈물 줄기가 볼을 타고 흐르더니 건너편 벽이 아래위로 휙휙 움직이는

것 같았다. 앞에 앉은 큰이모의 얼굴이 일그러지고 은결을 부르는 소리
도 메아리처럼 울렸다. 은결은 눈을 부릅뜨고 자리에서 일어나다가 주저
앉고 말았다.

* * *

　다시 일주일이 흘렀다. 일을 마친 은결은 방으로 들어와 노트를 펼쳤
다. 손톱을 뜯고 싶을 때마다 무슨 글이든 적기로 했다. 은결은 최 작가
와 엄마의 메시지를 그대로 옮겨 적거나 생각나는 것들을 적었다. 유튜
브에서 알게 된 처방인데 꽤 효과가 있었다.
　은결은 심호흡을 하며 지난 메모들을 넘겨 보았다. 처음부터 마음은
하나였다. 그리고 이제 은결은 인생 처음으로 자신의 생각을 밝히려고
한다. 내일 촬영 팀이 온다는 통보를 받았기에 더 미룰 수 없었다. 가만
히 있다가는 엄마와 최 작가의 각본대로 움직이게 될 것이다.
　은결은 여러 번 고쳐 가며 겨우 문장을 만들었고 핸드폰 문자창을 열
어 그대로 입력했다. 그래 놓고도 보내기 버튼은 한참 만에 눌렀다. 처음
으로 생각을 밝히는 이 순간을 오래도록 기억하고 싶었다.

　─촬영은 없던 일로 해 주세요. 제 매직 아워는 제가 만들어 가겠습니
다. 늦게 말씀드려 죄송합니다. 민은결 드림

　잔뜩 화난 최 작가와 엄마가 겹쳐 눈앞에 그려졌다. 은결은 입으로 가
려는 손가락으로 펜을 잡은 다음 손가락을 가만히 들여다보았다. 닳고

짓이겨져 숨기기 급급했던 손톱이 제법 제 모양을 찾아가고 있었다. 스스로 만족하며 은결은 아빠에게도 빨리 나으시라는 메시지를 보냈다. 여전히 사경을 헤매고 있으니 읽을 수 없겠지만 그래도 틈틈이 보낼 생각이다. 기적이라는 단어가 찾아오길 바라면서 말이다. 은결은 마지막으로 엄마에게 보낼 문자창을 열었다가 다시 닫았다. 그 전에 해야 할 일이 있기 때문이었다.

은결은 새로 생긴 친구 같은 노트를 끼고 큰이모 방 앞으로 갔다. 방문 앞에 서서 큰이모에게 할 말을 머릿속에서 정리해 보았다. 방학이 끝나도 여기, 만평국수에 계속 있게 해 주세요. 학교는 그만두어도 좋으니 지금처럼 열심히 일할게요. 돈 안 내는 손님 못 본 척하듯 아량을 베풀어 주신다면, 혹시라도 만평고등학교로 전학 오게 해 주신다면 주말 일은 물론이고 새벽시장도 함께 다닐게요. 무거운 김치 통도 번쩍번쩍 나를게요….

물론 큰이모에게 밝히지 않을 소망도 있다. 이곳에 남게 된다면 날마다 해 질 녘 카페에 앉아 하늘과 저수지를 붉히는 노을을 바라볼 것이다. 매직 아워에 펼쳐지는 풍경을 핸드폰에 담을 것이다. 갑자기 눈물이 흘러도 그다지 놀라지 않을 테다. 물어뜯는 외로움이 아니라 따뜻한 외로움에서 흐르는 눈물일 테니 말이다.

은결은 날숨을 길게 쉰 다음 방문을 두드렸다. 아무 기척이 없었으나 은결은 큰 소리로 말했다.

"큰이모, 주무세요? 드릴 말씀이 있어요, 술친구가요."

은결은 마른침을 삼키며 방문에 귀를 댔다. 잠시 뒤 끄응, 큰이모의 기척이 들리더니 딸깍, 스위치 누르는 소리가 났다.

"들어와."

은결은 조심스럽게 문을 열었다. 방 안은 아침노을이 깔린 것처럼 은은했다. 협탁에 놓인 조명 때문이었다. 은결의 마음도 그 불빛처럼 일렁거렸다. 지금이 매직 아워야, 은결은 낮게 읊조리면서 문지방을 넘었다.

명예정 해남 땅끝으로 첫 발령을 받아 미황사와 바닷길을 자전거로 달리며 아이들과 함께 시를 썼다. 농어촌 아이들의 정체성을 깨우는 독서교육을 줄곧 했으며 누리집 '토론의 숲'(toronsup.com)을 운영 중이다. 현재 한국창의예술 고등학교 수석교사로 재직 중이며, 교육산문집 『아이들에게 세상을 배웠네』 동학소설 『깊은 강은 소리 없이 흐르고』 등을 펴냈다.

반사경

1

서둘러 교실에 도착했지만 5분이 늦었다. 8시 35분. 우리 반은 8시 30분 등교가 원칙이다. 그렇다고 담임이 지각생에게 따로 벌을 내리진 않았다. 다만 컴퓨터 앞에서 지각생을 슬쩍 쳐다볼 뿐이다. 좀체 싫은 소리를 하지 않는 담임. 그런데 이상하게도 야단을 맞는 것보다 마음이 편치 않다. 내 자리에서 딱 45도 각도에 담임이 앉아 있다. 죄인처럼 고개를 숙이고 슬그머니 내 자리에 가서 앉는다.

그런데 내 뒤쪽 모서리에 앉은 나세랑이 허민형에게 속삭이는 소리가 들린다. 내 뒤통수에서 딱 45도 각도다. 앞에는 담임, 뒤에는 세랑과 민형이 나를 지켜보고 있다. 마치 두 개의 거울이 날 비추고 있는 것 같다.

"또 늦둥이 우유 먹였나 봐."

"동생 때문 아닐걸. 지가 먹다가 늦었겠지. 뱃살 좀 봐라. 오겹 아님?"

먼저 말을 꺼내는 세랑보다 추임새를 넣는 민형이 더 꼴보기 싫다. 둘은 항상 같이 앉았다. 키가 큰 세랑이 입을 떼면 작고 암팡진 얼굴로 민형이 입술을 삐죽거리며 토를 단다. 저 둘에게 한 살짜리 동생 이야기를 한 게 화근이었다. 세랑의 걸걸한 목소리가 무어라 쑤군거리고 있다. 민형의 톤 높은 웃음소리가 교실에 퍼졌다. 신경이 쓰여 살며시 고개를 들어 반 친구들을 살폈다. 다들 무엇인가에 몰두해 있다. 그러고 보니 오늘 영단어 시험 보는 날이다. 젠장할 영단어! 오늘도 망했구나. 50개를 외워야 한다. 연습장을 펴고 급하게 몇 개를 쓰다가 볼펜을 던지고 말았다. 머릿속에 하나도 들어오지 않았다.

한참을 엎드려 있다가 고개를 조심스럽게 들었는데 반장인 새미랑 눈이 마주쳤다. 새미는 운동장 쪽 창가에 앉아 있었다. 새미가 당황스런 표정을 짓더니 이내 고개를 돌렸다. 새미는 학기 초에 누구에게나 미소를 지어 주었다. 그런데 지금은 냉랭하다. 당황스럽다. 나도 얼른 고개를 돌렸다. 우리 반 아이들이 나에게 보이는 반응은 모두 무채색이다. 최대한 감정을 드러내지 않는 무표정. 차라리 욕을 하지. 표정 없는 반 친구들을 마주하면 가슴이 답답했다. 나에게는 담임이나 반 친구들이 미라로 보였다.

주머니에 손을 넣어 약봉지를 만져 본다. 매끄러운 비닐 막에 들어 있는 안정제 두 알, 어제 신경정신과에서 받아 온 약이다. 자꾸만 얼굴이 화끈거려서 약을 먹어야 할 것 같았다. 뭉기적거리며 자리에서 일어나 화장실로 향했다. 세랑의 목소리가 목덜미에 날아와 박힌다.

"생리하나 봐. 오자마자 화장실."

"아니라니까. 많이 먹으니까 배설도 많을 걸. 크크."

민형이 후렴을 치며 히히덕거린다. 발걸음이 떨어지지 않는다. 가서 한 대 후려치고 싶다. 화장실도 마음대로 못 가냐고 고래고래 소리를 지르고 싶다. 그러나 나는 아무 말도 못 하고 가슴만 두근두근, 도망치듯 재빨리 화장실로 갔다. 호주머니에서 약 봉지를 꺼내 이로 물어뜯었다. 얇은 비닐이 찢어지면서 하얀 약이 나왔다. 물도 없이 침으로 약을 삼켰다. 약이 목구멍에 걸려서 넘어가질 않는다. 입안에서 침을 모아 삼켜 보지만 몇 번이나 캑캑거렸다.

'수빈이는 대체 왜 태어난 거야.'

거울 앞에 서서 혼자 중얼거렸다. 세랑과 민형은 몇 달 전까지만 해도 나와 베프였다. 같이 보습학원에도 다니고 영화도 보러 다녔다. 셋이 같은 색 티셔츠도 샀다. 하지만 그 셔츠를 입어 보지도 못하고 사달이 났다. 하필 중요한 약속을 한 날 늦둥이 동생 수빈이가 아팠기 때문이다. 수빈이는 온몸이 벌겋게 달아올랐다. 고사리 같은 손끝으로 피가 맺히도록 목을 긁어 댔다. 부모님이 놀라 수빈이를 데리고 병원으로 달려갔고, 나는 시골에서 올라온 할머니를 돌봐야 했다.

약속 장소에 갈 수 없다고 톡을 넣었을 때는 이미 늦었다. 콩쿠르에 나간 그 둘에게 반주를 해 주기로 했었는데 내가 나타나지 않아 급히 MR을 구해 상황을 수습했다고 했다. 내가 망쳐 버린 두 사람의 공연, 그 후로 둘은 나를 도끼눈으로 쳐다봤다. 나를 훑으며 도끼로 내려치듯 살벌한 표정을 짓기 시작한 것이다.

'다 수빈이 때문이야.'

나는 거울 앞에서 혼자 중얼거렸다. 그렇다고 수빈이를 미워할 수도 없었다. 작은 몸뚱아리가 가려움에 시달릴 때는 내 피부라도 빌려주고 싶었다. 수빈이를 위해서라면 의사라도 되어 아토피를 치료해 주고 싶다. 나는 화장실 거울을 보며 머리를 살래살래 흔들었다. 거울 속의 나를 도저히 용납할 수가 없었다. 턱이 두 개, 아니 세 개인 양 살집이 붙었고, 어깨는 역도 선수처럼 부풀었다. 원래도 날씬한 편은 아니었지만 지난

1년 동안 내 몸무게는 10킬로그램이 불어났다. 거울을 보고 있자니 온몸에서 또 진땀이 흘렀다. 약도 소용이 없었다. 이대로 사라지고 싶었다. 다리가 덜덜 떨렸다.

재작년에 전학을 왔다. 아버지가 지방으로 발령이 났기 때문이다. 새로 만난 아이들은 나에게 우호적이지 않았다. 통통한 내 몸매를 은근히 공격했고, 누구도 내 곁에 다가오지 못하게 막았다. 보이지 않는 왕따를 당하며 학교가 죽도록 싫었는데 하필 엄마는 그때 늦둥이를 가진 것이다. 엄마는 내 고민을 들어 줄 여유가 없었다. 엄마가 더 힘들었다. 임신중독증으로 엄마는 계단도 못 올랐다. 학교에서 돌아오면 엄마 대신 식사 준비를 해야 했다. 수빈이가 태어나자 상황은 더 나빠졌다. 엄마도 아빠도 수빈이에게만 매달렸다. 그리고 수빈이에게 아토피 증상이 나타나면서부터 부모님은 아예 나를 잊어버렸다. 나는 없었다. 나란 존재는 집에서도 학교에서도 사라져 버렸다.

2

점심시간이다. 급식실에 가기가 싫어 발길을 돌렸다. 반 아이들을 마주치는 게 너무 싫었다. 벌써 한 달째 점심을 굶었다. 특별실만 모여 있는 뒷동으로 갔다. 1층 로비에 피아노가 있다. 코로나로 대부분의 실외 활동이 금지되자 음악 샘이 로비에다 피아노를 내놓았다. 쉬는 시간에 피아노라도 치면서 기분전환을 하라는 배려였다. 주변을 한번 살피고 슬그머니 피아노 의자에 앉았다.

"따라라라라라라라라라—."

〈하울의 움직이는 성〉의 OST '인생의 회전목마'였다. 아버지가 물려준 모자 가게를 운영하다가 마법에 걸려 할머니가 된 소피, 소피는 하울의 성에서 청소를 하며 마법이 풀릴 날을 기다린다. 그러다 멋진 청년 하울과 점점 가까워진다. 갑자기 내가 소피 같다는 생각이 들었다. 내가 처한 현실이 마법이면 좋겠다는 생각이 들었다. 누군가 나에게 마법을 씌워 살이 쪘고 나에게 마법을 씌운 마녀가 나세랑과 허민형이었으면 좋겠다. 그리고 나에게도 하울 같은 사람이 나타나면 좋겠다. 이성친구가 아니라도 좋았다. 나의 하울! 나는 간절하게 속으로 외쳤다. 제발 나를 도와줘!

다시 그 시절로 돌아가고 싶었다. 회전목마를 타고 세랑, 민형이랑 학원 골목을 누비고 싶다. 잠시 떡볶이 가게에 내려 떡볶이와 어묵을 먹고, 다시 성에 올라서 푸른 하늘을 유영하고 싶다. 주룩 눈물이 흘렀다. 마스크 사이로 콧물과 눈물이 마구 흘러내렸다. 손에는 진땀이 뱄다.

하울의 성을 초원 위에 내려놓는 상상을 하며 곡을 마무리했다. 그리고 나는 다시 처음부터 연주를 했다. 피아노를 치고 있으니 심장이 제 속도를 찾았다.

세 번째 연주로 들어가자 알 수 없는 후련함이 느껴졌다. 손끝에서 마법의 기운이 피어나며 목젖을 때리던 따가운 아픔이 사라지기 시작했다. 인생이란 시간 속에는 회전목마처럼 기쁨과 슬픔이 오르내린다지. 그렇다면 지금은 내리막길, 머지않아 반드시 오르막길이 찾아올 것이다. 한문 시간에 배운 새옹지마라는 사자성어가 떠올랐다. 악재가 오히려 호재가 된다고. 언제 호재가 찾아올지는 모르지만 아직 절망하긴 일렀다. 애써 입술을 앙다물며 다가올 호재를 미리 끌어당겨 본다. 행운아! 제발 나를 찾아다오. 하지만 끔찍한 기분은 완전히 사라지지 않았다. 내리막길에 내동댕이쳐진 절망감이 내 몸에 배어 버린 것만 같았다.

아쉽게도 5교시 예비종이 울렸다. 배에서 꼬르륵 소리가 났다. 5교시는 담임 시간이었다. 얼른 피아노에서 일어나 2층 복도로 종종거리며 달렸다. 사물함에서 책을 꺼내들고 교실 뒷문에 들어서는 순간, 세랑과 눈이 딱 마주쳤다.

"야, 너 왜 점심시간마다 소음 공해를 만드냐? 너 때문에 귀에서 피가 난다고!"

세랑이가 내 발을 가로막으며 시비를 걸었다. 나는 재빨리 교실 안을 스캔했다. 다행히 꽤 많은 애들이 자리에 앉아 있었다. 머릿속에서 사이렌이 삐요삐요 소리를 냈다. 위급상황이었다. 최대한 아이들의 시선을 끌어야 했다. 지난번에는 아무 말도 못 하고 있다가 세랑이 내 어깨를 몇 번이나 밀쳤다. 빨리 아이들에게 내 상황을 알려야 했다. 나는 거칠게 뒷문을 닫았다. 두어 명이 뒤쪽을 돌아보았다. 그런데 이번에는 세랑 뒤에서 민형이 호들갑을 떤다.

"야, 밥 좀 제대로 먹자. 니 뚱땅거리는 피아노 소리 때문에 밥을 못 먹겠잖아. 너 탁구를 치냐? 피아노를 치냐?"

민형의 소리에 애들 몇 명이 우리를 쳐다보다 대수롭지 않게 고개를 돌려 버린다. 청색 브릿지를 넣은 민형의 머리에다 토마토 주스라도 엎질러 주고 싶다. 혼자서는 끽소리도 못 하다가 세랑이 무슨 말을 하기만 하면 후렴을 친다. 마스크 안에서 무음으로 욕을 한 바가지 하며 반 아이들을 쳐다봤다. 항변을 해야 하는데 입이 떨어지지 않는다. 손바닥에 땀이 흥건하게 고였다. 나는 한숨을 내쉬며 교실 안의 아이들에게 마구 손짓을 했다. 애들이 하나둘 나를 쳐다보자 세랑이 눈치를 보더니 슬그머니 발을 비켜 준다.

"야, 얼른 네 자리로 가! 늦게 온 주제에 뭉그적거리기는."

그러면서 세랑은 내 종아리를 슬쩍 걷어찼다. 나는 모른 척 얼른 내 자리로 돌아갔다. 그때 창가 쪽에서 새미가 소리를 쳤다.

"축제 때 개인별 장기자랑에 나갈 사람은 신청서 작성해 줘. 음악 샘이 내일까지 제출하래."

아이들은 별 반응이 없다. 다들 국어 숙제로 눈을 돌렸다. 그런데 뒤쪽에서 또 걸걸한 목소리가 들려온다. 세랑이다.

"나랑 민형이 1번으로 올려 줘. 오프닝 무대 할 거니까."

새미가 신청서를 세랑에게 건네고 내 곁으로 다가왔다. 나는 침착하려고 애써 호흡을 조절했다.

"박수림, 너 반주 안 할 거야? 쟤들 노래하면 네가 반주했잖아?"

새미는 정말 아무것도 모르는 걸까? 나에게 신청서를 건네준다. 아무 말도 못 하고 신청서를 받았다. 뭐라 대꾸를 해야 할지 좋은 생각이 떠오르지 않았다. 민망해서 앞만 보고 있는데 세랑의 목소리가 들렸다.

"MR 쓸 거야. 반주 필요 없어."

나 같은 존재는 필요 없다는 말을 그렇게 정리해 준다. 어차피 틀어진 사이, 그렇게 공표를 해 주니 속이 후련했다. 셋이 베프라며 어울려 다니다가 요즘 원수처럼 지내는 건 반 아이들도 다 알고 있는 사실이지만, 차마 내 입으로 그 사연을 말할 수는 없었다.

나는 마스크 안에서 입술을 지그시 깨물었다. 이제 그만했으면 좋겠다. 그냥 쿨하게 헤어질 것이지. 이별은 길게 꼬리를 달았다. 우린 너랑 같이 급식 안 먹을 거야, 화장실은 너 혼자 가, 너랑 같은 모둠 하기 싫어, 이제 피아노 반주 따위 필요 없어. 제발 이게 마지막 통고이길. 이젠 저 둘과 친했다는 사실을 지우개로 깨끗이 지워 없애고 싶다.

새미가 내 곁에서 머뭇거리고 서 있다. 그냥 제 자리로 돌아가기가 민망한지 세랑을 한번 쳐다보고 나를 한번 쳐다본다. 나는 무표정하게 앞만 쳐다보았다. 1초가 한 시간 같았다. 새미가 발을 돌리자 뒤쪽에서 칼칼한 소리가 또 울린다. 정확히 내 등짝 45도 각도에서 나에게 비수를 들이댔다. 나는 오른쪽 어깨에 칼이 박힌 것처럼 찌릿한 고통을 느꼈다.

"우리 반에 하마가 한 마리 있어."

세랑이다. 이번에도 민형이 깔깔거리며 박자를 맞춘다.

"맞아. 요즘 들어서 그 하마가 몸이 무거워서 제대로 걷지도 못해. 조만간 그 하마 때문에 피아노 건반이 부서질 수도 있어."

새미가 제 자리에 앉으며 표정이 굳어졌다. 나는 새미 쪽을 보다가 이내 고개를 돌렸다. 그 찰나 새미가 창 쪽으로 고개를 돌리는 것을 놓치지 않았다. 나는 앞쪽을 쳐다보며 아무렇지도 않은 듯이 국어책을 펼쳤다. 음운의 변동, 학습활동 문제를 풀어 오라고 했지. 그제야 숙제 생각이 났다. 오늘도 차가운 눈빛을 마주치지 않으려면 얼른 문제를 풀어야겠구나. 뒤쪽에서 살갗을 후벼 파듯 내 험담이 쏟아졌다. 나는 애써 모른 체했다.

3

"어떡하니? 수빈이 아토피, 완치가 어렵대. 신약이 계속 개발되고 있으니 기다리라네. 피부과 약은 독해서 아이한테는 함부로 처방을 할 수가 없단다. 산모가 나이가 많으면 면역력이 약해서 아이가 아토피에 많이 걸린대. 나 때문에 어린 것이 가여워서 어쩐다니!"

집에 도착하니 엄마가 수빈이를 안고 얼굴을 어루만지고 있다. 배고프다는 말도 못 꺼내고 엄마 곁에 앉아서 수빈이를 바라본다. 아이가 축 늘어져 있었다. 이제 돌이 지나 보행기를 탈 수 있었지만 엄마는 늘 수빈이를 안고 있었다. 나는 보행기를 한참 쳐다보다가 나도 모르게 소리를 질렀다.

"엄마, 나 배고파. 수빈이만 자식 아니잖아? 맨날 수빈이 수빈이!"

엄마가 나를 쩨려본다. 눈이 벌겋다. 피곤과 분노가 담긴 눈빛이다. 내가 잘못 건드린 것 같다.

"너 지금 그런 말이 나오니? 몇 살인데 밥 타령이야. 네가 차려 먹어. 어린 동생은 아파서 우유도 제대로 못 먹는데!!"

엄마 눈이 이글거린다. 한 대 맞을 것 같다. 이럴 때는 무조건 피해야 한다. 나는 가방을 안고 방으로 들어갔다. 정말 너무한다. 엄마가 수빈를 임신했을 때부터 난 찬밥 신세였다. 그때부터 온몸에서 식은땀이 흘렀다. 아빠가 병원에 데리고 갔는데 신경성이라고 했다. 수빈이가 태어나고 더 심해졌다. 그래서 신경정신과 약을 처방받았다.

어제도 신경정신과에 갔다. 2주일에 한 번씩 약 처방을 받았는데, 엄마는 늘 나더러 혼사 가라고 했다. 아빠도 회사일로 시간을 낼 수 없다고 했다. 진료실 소파에 혼자 앉아 있으면 고아가 된 기분이었다. 의사 샘에게 여전히 가슴이 두근거리고 불안하다고 하니 나더러 심호흡을 하고 좀 걸으라고 했다. 그리고 내 상황을 받아들이란다. 엄마는 이제 동생을 보살펴야 하니 자립심을 길러야 한다고 했다. 내가 상황을 못 받아들이니 자율신경이 조절이 되지 않아서 땀이 많이 나는 거라고 했다. 그리고 이제 중학생이니 빨리 의타심을 버리라고 했다.

중딩이 무슨 성인인가? 의사 샘도 꼴 보기 싫다. 왜 내 마음을 알아주는 사람은 한 사람도 없을까? 병원도 바꾸고 싶은데 그러려면 버스를 타고 한참을 가야 했다. 진료 받으러 갈 때마다 내 잘못이란다. 나더러 상황을 못 받아들이니 진땀이 흐른단다. 젠장! 의사 샘도 내 처지가 되어봐야 내 맘을 알 것이다. 나는 벽을 향해 혼자 주먹질을 해 댔다.

침대에 걸터앉아 편의점에서 사 온 햄버거를 우적우적 먹기 시작했다. 햄버거는 달짝지근하니 입에 착착 달라붙었다. 한 개로는 기별도 안 가서 한 개를 더 꺼냈다. 엄마가 들어올까 봐 문까지 잠갔다. 엄마가 알면 아마 기절할 것이다. 수빈이 때문에 패스트 푸드는 말도 못 꺼내게 했다. 패스트 푸드는 아토피와 상극이다. 내가 매일 햄버거를 흡입하고 있다는 걸 엄마가 알면 날 죽이려 들 것이다. 그럴수록 더 버거가 당긴다. 우적우적 이 달짝지근한 맛이 아니면 하루를 버틸 수가 없다. 햄버거를 사기 위해 할머니에게 용돈을 타냈다. 할머니는 수빈이가 아프니 걱정이 되어서 나라도 건강하라고 집에 올 때마다 슬쩍 용돈을 찔러 넣어 주었다.

급하게 먹느라 목이 멘다. 살며시 문을 열고 거실을 내다본다. 엄마가 수빈이를 안고 졸고 있었다. 나는 발뒤꿈치를 들고 살금살금 냉장고를 열었다. 다행히 요구르트가 몇 개 있다. 두 개를 호주머니에 넣고 방으로 들어온다. 급하게 목을 축인다. 막혔던 목이 뚫리니 살 것 같다. 햄버거 두 개를 먹고도 허기가 채워지지 않는다. 엄마가 안방으로 들어가길 기다렸다. 그러면 냉장고를 뒤져서 뭐라도 더 먹을 작정이었다.

침대에 누워 씩씩거린다. 배가 불룩하다. 요즘 들어 계속 늘어나는 몸무게가 부담스럽다. 세랑과 민형이 내 살을 갖고 놀려 대니 먹는 것을 줄여야겠다는 생각도 들었다. 그러나 살을 빼야 한다는 생각이 간절할수록 식탐을 버릴 수가 없다. 이거라도 없으면 죽을 것만 같다. 먹을 때만큼은 왕따도 학교도 다 잊을 수 있었다. 포만감, 이 만족감을 무엇으로 표현할 수 있을까?

그런데 이 시점에 궁금해진 게 있다. 도대체 나의 의지는 어디로 간 것일까? 내가 살고 싶은 삶이 있기는 했을까? 아무도 나에게 관심을 가져 주지 않았을 때, 나에게 말을 걸어 준 세랑. 세랑은 학교에서 유명한 보컬이었다. 키가 크고 온몸에서 자신감이 뿜어져 나왔다. 반 아이들이 뭐라 하건 나에게 말을 걸어 주고 자기가 노래를 부를 때 반주를 해 달라고 했다.

세랑의 반주를 하게 되자 민형과는 저절로 가까워졌다. 세랑 곁에 항상 민형이 따라다녔기 때문이다. 우리는 음악 덕분에 급속도로 가까워졌다. 코로나 때문에 노래방에 갈 수 없어서 학교에서 노래를 불렀다. 나세랑과 허민형이 강당에서 노래를 부르면 내가 반주를 했다. 그것만으로 좋았다. 우리 세 사람이 강당에서 놀고 있으면 아이들이 몰려왔다. 우리는 잘 나가는 삼총사였다. 그러나 절정은 짧았다.

이 생각에 이르니 또 한숨이 나온다. 집에 오면 내가 할 수 있는 일은 오로지 잠밖에 없었다. 이도 닦지 않고 베개를 끌어안았다. 꿈속에서라도 행복하고 싶었다. 햄버거로 채운 포만감이 나를 잠으로 이끌었다. 꿈속에서라도 친구를 만나고 싶었다.

4

　한바탕 가을비가 뿌리더니 날씨가 쌀쌀해졌다. 애들이 바람막이 점퍼를 껴입고 급식실로 몰려갈 때 나는 또 발길을 돌렸다. 배에서 꼬르륵 소리가 났다. 빵이라도 하나 가지고 올걸. 그냥 온 게 후회스럽다. 뒷동으로 걸어가는데 누군가가 나를 쳐다보고 있었다. 음악 샘이었다.

　"수림아, 음악실로 가자. 할 말이 있어."

　단발머리에 붉은 체크무늬 원피스를 입은 음악 샘을 아이들은 앤이라고 불렀다. 볼에 주근깨가 몇 개 있어서 붙은 별명이지만 샘은 성격도 빨간 머리 앤 같았다. 선생님의 눈은 늘 호기심으로 빛났다. 나세랑과 허민 형은 음악 샘 찐팬이었다. 음악 샘만 나타나면 호들갑을 떨며 안겼다. 음악 샘은 다른 선생님들과 좀 달랐다. 학생의 특성을 잘 파악했고, 말보다 행동으로 반응을 보여 주었다. 나를 보면 항상 허공에다 음표 하나를 그려 보였다. 나는 음악 샘의 음표를 연주를 잘하라는 뜻으로 받아들였다.

　선생님이 내 손을 잡았다. 접촉이 부담스러워 슬쩍 손을 빼고 선생님 뒤를 따랐다.

　"점심시간에 음악실 사용해도 돼."

선생님이 도시락을 내놓았다. 편의점 도시락이었다. 김밥과 치킨 버거, 그리고 물티슈가 들어 있었다. 나는 좀 민망해서 말없이 도시락을 쳐다보았다. 선생님이 눈으로 웃었다. 모든 것을 다 알고 있다는 미소였다.

"힘들지? 그래도 이거 내야지. 상담 샘은 찾아가 봤니? 나한테 이야기해도 괜찮아."

선생님은 나와 세랑이 사이를 일고 있는 듯했다. 세랑과 민형이 선생님과 친하니 이미 고자질을 했을 수도 있었다. 나는 고개만 끄덕였다. 어떻게 말을 해야 할지 머릿속이 정리가 되지 않았다. 선생님이 모든 것을 알고 있다면, 그리고 세랑이 입장에서 알고 있다면 무엇을 어떻게 변명해야 할지 감이 잡히지 않았다.

"다음 달에 축제 있는 거 알지? 비대면으로 하는데 피아노 연주 한번 할래?"

선생님이 내 등을 쓰다듬으며 상냥하게 물었다. 급식을 왜 먹지 않느냐고 물을 줄 알았는데 축제 이야기를 꺼내니 그나마 마음이 덜 불편했다. 그렇지만 연주라니! 그건 한 번도 생각해 보지 않았다.

"아니에요, 선생님! 애들 앞에서 연주할 만한 실력은 안 돼요."

나는 두 손을 마구 저으며 고개를 흔들었다. 전교생 앞에서 연주라니, 말도 안 되는 소리였다.

"점심시간마다 네 피아노 소리를 들었어. 연주는 손으로 하는 게 아니란다. 가슴으로 하는 거지. 네 가슴에는 뭔가 들어 있는 것 같아. 간절함이랄까? 네 피아노 소리가 들리면 발길이 멈춰졌어. 네가 말을 거는 것 같았거든. 수림아! 넌 이미 훌륭한 연주자야. 지금 하고 있는 그대로 하면 돼."

가슴이 울렁거렸다. 내 연주에 간절함이 담겨 있다고? 나는 그냥 너무 억울해서 연주를 했을 뿐이다. 아, 그렇다면 이게 오르막길인가? 축제 때 연주를 하면 바닥에서 기어오를 수 있을까? 가슴이 쿵쾅거리며 얼굴이 달아올랐다. 그러나 나는 제대로 피아노를 쳐 낼 수 없을 것이다. 매일 안정제를 먹고 있는 처지에 무슨 연주를…. 마음속의 내가 마구 도리질을 했다. 넌 안 된다고!

그리고 슬슬 마음이 꼬이기 시작했다. 선생님이 날 놀리려는 거 아닐까? 아니면 내가 왕따라는 걸 다 알고 있으면서 나를 떠 보는 건가? 아니면 그 애들이 시켰을까? 나에게 수모를 주려고. 선생님의 술수에 넘어가면 안 돼. 정신 차리자. 나는 단호하게 말했다.

"전 못 해요."

그런데 선생님이 온화하게 웃었다.

"한 주 동안 잘 생각해 봐. 네가 동굴에서 나올 수 있는 기회가 될 거니까. 이제 그만 널 놓아줘."

선생님이 도시락 뚜껑을 열어 주며 일어섰다. 그리고 문 밖으로 나갔다. 기분이 묘했다. 음악 샘이 날 아주 엿 먹이려고 작정을 한 모양이다. 전교생 앞에서 무안을 주려는 게 분명하다. 세랑과 민형이 무슨 말을 한 걸까? 배 속에서는 꼬르륵꼬르륵 신호를 보냈지만 나는 치킨 버거를 집어 들지 못하고 있었다. 마스크를 벗고 손톱을 질근질근 씹었다.

그러다 허기를 참지 못하고 치킨 버거를 입으로 가져갔다. 달콤한 맛이 입안에 퍼졌다. 참을 수가 없었다. 후다닥 도시락을 흡입했다. 김밥과 단무지까지 하나도 빠지지 않고 다 먹고는 물티슈로 손을 닦았다. 다시 복도로 나와 주변을 둘러보니 아무도 없었다. 조심스럽게 피아노 의자에 앉았다. 손가락이 자꾸 빗나갔다. 두어 번 다시 시도를 했지만 도저히 연주가 되지 않았다. 마음속 회전목마가 이탈해서 바닥으로 추락해 버렸다. 허탈했다. 자리를 털고 일어났다. 다리가 덜덜 떨렸다. 걷는 건지 질질 끌고 가는 건지 모르게 걸음을 재촉하다 어느 순간 복도에 주저앉아 버렸다.

'바보야! 일어나고 싶잖아. 계속 엎어져 있을 거야?'

내 안의 내가 나를 마구 때리기 시작했다. 제발 이제 바보같이 좀 살지 말라고, 내 안의 내가 바락바락 소리를 질렀다. 벽에 기대 한바탕 눈물 콧물을 쏟아냈다. 두 자아가 뒤엉켜 어느 쪽이 나인지 모르는 지경이 되었다. 계속 무기력하게 엎어져 있는 것이 진짜 나인지도 몰랐다.

비칠거리며 본관으로 이어지는 복도로 들어가는데, 새미가 혼자서 복도 끝 화장실로 들어가는 게 보였다. 근데 좀 이상했다. 왠지 어깨에 힘이 빠져 있었다. 새까만 단발머리는 흐트러져 있었고, 걸음도 뒤뚱뒤뚱 금방이라도 쓰러질 것 같았다. 나는 물끄러미 새미의 뒷모습을 바라보았다. 새미처럼 똑똑한 아이도 고민이 있을까? 어지럽고 정신이 산만했지만 나도 모르게 화장실로 들어갔다. 새미에게 도움이 필요할 수도 있겠다는 생각이 들었다.

새미가 거울 앞에서 울고 있었다. 복도 끝의 화장실은 교실과 멀어서 아이들이 잘 드나들지 않는 곳이었다. 나는 새미에게 들킬까 봐 얼른 화장실 한 칸으로 들어갔다. 흐느끼는 소리가 들렸다.

"내가 뭘 어쨌다고 그래. 너희들 무대는 따로 있잖아. 합창은 반 전체가 하는 건데 거기서도 너희가 주인공이어야 하냐!"

새미가 갑자기 바락바락 악을 썼다. 축제 때문에 스트레스를 많이 받은 모양이다. 세랑과 민형이 합창할 때 댄스는 자기 둘만 추겠다고 반 아이들에게 코러스만 넣으라고 우겼다. 다 같이 댄스를 하고 싶었던 새미는 그 일로 한참이나 실랑이를 벌였고 결국 새미가 졌다.

나는 화장실 문고리를 잡고 새미가 나가는 기척을 들으려고 조용히 서 있었다. 새미는 한참이나 고래고래 소리를 지르더니 갑자기 목소리를 낮췄다.

"박수림, 너 내 말 못 들은 거다."

가슴이 덜컥 내려앉았다. 나는 혼자 고개를 살래살래 저었다. 그리고 나는 새미를 화장실에서 본 적이 없다고 생각했다.

5

5교시 진로시간이었다. 진로 샘은 컴퓨터 앞에 앉아서 아이들에게 입시 정보를 보여 주었다.

"얘들아, 이 학교 아니? 한빛예술고. 캠퍼스 한번 볼래?"

모니터에는 호수를 낀 푸른 숲속에 하얀 건물이 T자형으로 펼쳐졌다. 아이들이 모니터를 쳐다보며 탄성을 질렀다.

"야아, 이 정도면 대학 아니야? 완전 꿈의 학교네."

뒤쪽 45도 각도에서 갑자기 목소리가 튀어 오른다.

"선생님, 저랑 민형이 보컬로 원서 넣을게요. 민형아 그럴 거지?"

세랑은 긴 은발을 풀어헤치며 흥분을 감추지 못했다. 민형은 세랑과 한 몸인 듯 고개를 주억거렸다. 나도 모르게 화면을 바라보았다. 내신 10%, 실기 90%, 음악과는 실기 과목에 음악 적성검사라는 것도 포함되어 있었다. 나도 모르게 입학 전형을 메모하고 있었다.

"이 학교는 학비, 기숙사비까지 전액 무료야."

여기저기에서 예고에 가야겠다고 킥킥댔다.

"음악과 미술에 소질이 있는 애들이 가는 학교야. 아무나 가는 곳이 아니고."

선생님이 한빛예고의 입학 전형을 요약했다. 기숙사 무료, 학비 전액무료, 전공별 전문 강사 지원. 기숙사에 들어가면 수빈이한테 시달리지 않아도 되니 좋겠다는 생각이 들었다. 가슴속에서 뭔가가 꿈틀거렸다. 가고 싶다는 생각이 들었다. 그때 음악 샘이 문을 빼꼼 열었다.

"선생님! 죄송해요. 축제 프로그램 때문에 수림이랑 할 말이 있어서요."

선생님이 손짓으로 나를 나오라고 했다. 나는 천천히 일어나 할머니처럼 느릿느릿 복도로 나갔다.

"미안해. 오늘까지 프로그램을 확정해야 해서 못 기다리고 찾아왔어."

"샘! 저 예고 갈래요. 한빛예고 가고 싶어요."

나도 모르게 속마음이 튀어나왔다. 선생님이 내 두 손을 꼭 쥐며 마구 흔들었다. 그리고 눈빛을 반짝이며 속삭였다.

"그래, 잘 생각했어. 너 소질 있어. 그럼 축제 때 연주도 해야지. 첫 연주가 얼마나 중요한데. 입시에도 도움이 될 거야. 실기 보려면 무대에 미리 서 봐야 해."

선생님이 허공에다 두 손바닥을 펼쳤다. 나는 힘껏 손바닥을 부딪쳤다. 짜릿했다. 선생님이 나를 알아주는 게 꿈만 같았다. 애써 나를 거부했던 마음이 사르르 녹아 내렸다. 음악 샘은 나를 제대로 비춰 주는 반사경이었다. 내가 그 반사경을 애써 거부하고 있었던 것이다.

"곡도 생각해 봤니?"

더 생각해 볼 필요도 없었다. 내 입에서는 단박에 '인생의 회전목마'가 튀어나왔다.

"수림아, 나도 수없이 많은 내리막길에서 헤맸어. 그 시간 동안 깨달은

게 뭔지 아니? 나를 철저하게 막았던 사람이 바로 나였다는 거야. 그렇게 헤매다 마흔 후반이 넘어서야 교직에 들어왔단다. 너를 볼 때마다 나를 보는 것만 같았어. 이제 그만 널 가뒀으면 좋겠다. 밖으로 나와서 네가 원하는 삶을 향해 올라가. 내가 도와줄게. 누군가 디딤돌을 내밀어 주면 오르기가 더 쉽잖아."

6

축제 날 아침은 하늘이 말갰다. 축제는 온라인 중계로 진행되었기에 학생들은 모두 교실에 앉아 있었다. 담임은 여전히 내 45도 각도에서 레이저를 쏘고 있었고, 공연 준비를 마친 세랑과 민형은 뒷자리 45도에서 내 기를 꺾는 소리를 해 댔다.

"반별 점수 최고점 받으면 피자 쿠폰 쏜다던데 누구 때문에 피자 날릴까 봐 걱정된다 정말."

"누가 아니래! 실력도 안 되면서 무슨 무대냐. 음악 샘은 다 좋은데 사람 볼 줄을 모른다니까."

두 개의 반사경, 내 존재를 바닥으로 치닫게 하는 거울들이다. 그들에게 비친 내 모습에는 장점이라곤 찾아볼 수가 없다. 오로지 나의 실패를 기다리는 듯한 저 눈빛들. 그러나 나에게 새로운 반사경이 등장하지 않았던가? 음악 샘! 나는 교실 출입문 위에 실제로 작은 거울을 하나 붙여 두었다. 나를 비추는 새로운 거울의 등장.

그리고 창가, 정확히는 왼쪽 뒤 45도 각도에서 새미가 웃고 있었다. 새미와는 화장실 사건 이후 왠지 은밀한 거래를 한 것 같은 동질감을 공유

하고 있었다.

축제는 세랑과 민형의 노래로 시작됐다. BTS의 '불타오르네'. 허리까지 찰랑이는 은발, 소매 끝에 나풀나풀 레이스를 단 붉은 셔츠, 짙은 선글라스까지 낀 세랑이는 무슨 마녀 같았다. 내 입이 절로 삐죽거렸다. 천만다행으로 마스크가 입을 가리고 있었다. 세랑이 곁에서 쫄랑거리며 춤을 추고 있는 민형이도 밉상이었다. 의지 밑에서 내 가운뎃손가락이 민형을 향해 마구 삿대질을 했다.

세랑과 민형이 서로 번갈아 가며 불타오르네!를 외치자 교실에 있던 아이들이 다 같이 떼창을 했다. 축제의 기운이 몽실몽실 피어올랐다. 아무리 내가 손짓 발짓을 하며 그 둘을 욕해도 역시 둘은 프로였다. 노래가 가슴을 뚫고 들어왔다. 그리고 나도 모르게 불타오르네!를 외치고 말았다. 두 사람은 발로 차고 싶도록 미운데 노래는 미워할 수 없었다.

바이올린과 첼로 연주가 이어지고 내 순서가 다가오자 음악실로 이동했다. 온몸이 떨리고 가슴이 두근거렸다. 아침에 안정제 두 알을 먹었는데도 피아노 앞에 앉으니 손이 덜덜덜 떨렸다. 음악 샘이 카메라 각도를 조절하며 나에게 속삭였다.

"수림아, 첫 연주야. 너무 잘하려고 하지 마. 처음은 항상 실수투성이지. 그냥 망하고 와!"

샘은 아무렇지 않게 깔깔 웃었다. 나도 웃고 말았다. 실컷 웃고 나니 긴장이 풀어졌다. 나는 망하기 위해서 피아노 앞에 앉았다. 망해도 된다니, 내 입가에서 웃음기가 뱅뱅 돌았다. 우리 반 아이들이 피자 쿠폰을 받으려고 나를 째려보고 있겠지만, 뭐 상관없다.

두어 번의 심호흡, 그리고 하울의 성에 갇혀 있는 소피를 생각하며 건

반을 누르기 시작했다. 하루아침에 할머니가 된 소피, 얼마나 괴로웠을까?

따라라라라라라라라라 따라라라라라라라라라라—.

회전목마가 허공으로 날아올랐다. 나도 모르게 수빈이가 태어나기 전으로 돌아가 엄마 아빠랑 놀이공원에 갔던 날이 떠올랐다. 그땐 인생의 오르막길이었지. 그리고 서서히 목마가 아래로 치닫기 시작한다. 수빈이가 태어나고, 수빈이가 아프고, 엄마도 아팠다. 그리고 나는 두 친구들에게 약속을 못 지켰고…. 거기까지 생각이 이르자 눈물이 쏟아졌다. 손가락이 마구 떨리며 건반에서 미끄러졌다.

음이 벗어나서 마구 헝클어졌다. 정말 망하고 있었다. 아찔했다. 그만 멈출까, 잠시 고민을 하다가 다시 심호흡을 했다. 그래, 기왕 망한 거 아주 망해 버리지 뭐. 입술을 깨물며 허공에서 짧은 순간 손을 풀었다. 손가락에서 힘이 빠져 나갔다. 다시 건반 위로 돌아와 두어 번 실수를 연발했다. 그런데 참 이상했다. 망했다고 생각하니 마음이 편안해지고 아무렇지 않게 손가락이 페이스를 찾아 다시 연주를 시작했다.

바닥으로 떨어졌던 목마가 다시 허공으로 치솟는다. 푸른 초원을 스치고 나자 푸른 바다가 보인다. 다행이다. 내가 무슨 예고야. 그냥 하자. 클라이맥스에 들어가자 나도 모르게 픽 웃음이 났다. 후련했다. 뭔가 이 기회를 통해 나를 만회하려던 기분을 버리자 내 실력이 제대로 보였다. 실수하면 어때? 피아노가 좋으면 그만이지. 갑자기 없던 배짱이 생겼다. 그 덕에 피아노를 거침없이 쳐 나갔다. '나는 실수도 하고 다시 일어설 수도 있는 그저 그런 존재야. 그게 나야.'

연주를 마치고 나자 마음이 후련했다. 나는 그저 그런 존재일 뿐이다.

그러면서 생각이 났다. 진로 샘이 수업 시간마다 수없이 말했던 '직면'. 나는 오늘 나의 실력을 직면한 것이다. 나는 그런 사람이었다. 실수투성이에, 연주를 제대로 할 수 없는. 그러나 그런 내가 싫지 않았다. 오히려 연주를 못 하겠다고 버티던 때가 더 힘들었다는 생각이 들었다.

온몸이 땀으로 젖어 음악실을 나오자 음악 샘이 엄지척을 해 주며 나를 꼭 안아 주었다. 신샘님의 품은 따스했다.

"선생님! 저 이 정도밖에 안 돼요. 그런데 이런 제 모습을 마주하게 되어 실망스러운 게 아니라 오히려 다행이란 생각이 들어요."

나도 모르게 선생님의 손을 잡고 고백을 했다. 선생님이 내 등을 토닥였다.

"잘했어. 처음에는 실수를 했지만 뒷부분은 역시 박수림이었어. 그건 아무나 할 수 있는 연주가 아니란다. 그리고 우리 모두 다 들었어. 이젠 너희 반 아이들이 너를 제대로 보게 될 거야. 네가 너를 제대로 보게 된 것처럼."

음악 샘이 우리 반 교실 앞까지 나를 데려다 주었다. 출입문 앞에서 아련한 눈빛으로 나에게 들어가라는 시늉을 했다. 나는 고개를 끄덕이며 조심스럽게 교실 문을 열었다. 담임은 여전히 표정 없이 나를 한번 스윽 쳐다보았다. 내 연주를 보지 않았을까? 실망도 감동도 없는 표정이었다. 어쩜 다행인지도 몰랐다. 그것도 연주냐고 한마디를 날린다면 처참할 것 같았다. 조심스럽게 의자에 앉는 순간 뒤에서 세랑의 목소리가 울려 퍼졌다.

"우리 반 단체상 날아감. 우리가 점수 팍 올려놨는데 누구 땜에 나락이야."

그러자 민형이 더 길게 투덜거렸다.

"그러게! 그렇게 말렸는데도 굳이굳이 나가더니. 그게 어디 피아노 연주냐, 망치로 두들겨 패는 거지."

너무나 익숙한 소리였다. 앞자리의 선생님을 한번 쳐다보았다. 선생님은 여전히 무표정한 모습으로 앉아 있었다. 반 친구들이 모니터에 떠 있는 반별 점수표를 보려고 컴퓨터 앞으로 몰려들었다. 나도 모르게 눈길이 갔다. 놀랍게도 내 연주 점수가 평균 이상이었다. 다들 놀란 눈치였지만 아무도 내색을 하지 않았다. 세랑도, 민형도. 나는 가방에서 핸드폰을 꺼내 음악 샘에게 톡을 보냈다.

─샘. 저 예고 갈 수 있을까요? 음악 적성검사가 실기 중 40프로던데 그게 뭘까요?

답은 오지 않았다. 몇 분 간격으로 핸드폰을 쳐다보았지만 답이 오지 않았다. 다시 불안감이 급습을 했다. 오후 내내 가슴이 두근거리고 진땀이 났다. 약이 필요했다.

집에 가서도 잠을 이루지 못하고 뒤척이는데 핸드폰이 울렸다. 음악 샘이었다.

─의지가 실력이야. 네 의지가 널 입학시킬 거야.

의지가 실력이라고? 나는 또다시 가슴이 쿵쾅거렸다. 한 번이라도 무슨 일에 의지를 가져 본 적이 있었나? 나는 포기대왕이었다. 조금이라도 어려울 것 같으면 쉽게 포기했다.

잠이 오지 않았다. 나는 실력이 아니라 의지가 없는 거였다. 두 눈에 힘이 절로 들어갔다. 한 번도 있어 본 적 없는 의지가 결심을 한다고 하

109

루아침에 생길 것도 아니었다. 하지만 다시 시작하고 싶었다. 이렇게 포기할 순 없었다. 이러다가는 내가 아주 사라져 버릴 것만 같았다.

다음 날부터 일찍 등교를 해서 한 시간 동안 피아노를 쳤다. 아무리 몸에 힘을 빼려고 해도 어깨부터 뻣뻣하게 굳어 연주가 제대로 되지 않았다. 엄마는 내가 예고에 원서를 넣겠다고 하니 시험만 보라고 했다. 어차피 개인 레슨을 시켜 줄 형편이 안 되니 예고 뒷바라지는 어렵지만 도전조차 하지 않으면 나중에 후회할 거라고 했다. 도대체 예고에 가라는 건지 말라는 건지 알 수가 없었다.

유튜브에서 마음 다스리기 명상 프로그램을 찾아서 저녁마다 들었다. 햄버거도 끊었다. 습관적으로 밀어 넣던 음식을 끊으니 허기가 져서 잠이 잘 오지 않았다. 뜬눈으로 날을 새는 한이 있어도 참기로 했다. 의지는 참는 데서 생길 것 같다는 생각이 들었다. 나를 갉아먹는 것을 그만두지 않으면 나에게 진짜 필요한 것을 얻을 수 없을 것 같았다.

7

첫눈이 내렸다. 방학식 겸 졸업식 날이었다. 아이들이 환호성을 질렀다. 운동장에는 눈싸움하는 아이들로 가득 찼다. 겨우 바닥을 가릴 만큼 내린 눈으로 아이들은 눈덩이를 만들었다.

"오늘 한빛예고 합격자 발표 날이야. 너희들 미리미리 내 사인 받아 놔."

세랑이 창가에서 큰 소리로 외쳤다. 세랑의 자주색 신상 패딩은 이미 교실을 압도하고 있었다.

"합격을 미리 축하한다."

새미가 사인을 받겠다고 영어 단어장을 내밀었다. 세랑은 컴싸를 들고 사인을 했다. 연습까지 했는지 휘갈겨 쓴 글씨가 제법이었다. 이번에는 나에게로 다가왔다.

"너도 사인해 줘. 앞으로 나 모른 체하면 안 된다."

나는 손사래를 치며 뒤로 물러났다.

"됐어. 무슨 사인이야."

그러자 새미가 내 손을 확 낚아챘다.

"사인해 줘. 첫 연주회까지 치렀잖아."

새미가 내 손을 끌어 수첩에다 반강제로 사인을 하게 했다. 박수림이라는 글자가 길게 늘어졌다. 첫 사인이었다.

합격자 발표는 오후 두 시였다. 졸업식을 마치고 집에 왔는데 새미가 톡을 보냈다. 합격자 명단이었다. 선명하게 내 이름이 써 있었다. 새미는 '드디어 오르막길이야!'라고 덧붙였다.

거실로 나가자 엄마가 수빈이를 업고 텔레비전을 보고 있었다. 나와 눈이 마주치자 수빈이가 웃으며 고개를 돌렸다. 장난을 치려는 모양이었다. 나는 모처럼 수빈이와 눈을 마주치며 이리저리 고개를 돌렸다. 그리고 엄마를 쳐다보며 기어 들어가는 목소리로 말을 꺼냈다.

"합격이야."

"정말?"

엄마가 내 손을 꼭 잡았다. 수빈이가 엄마 등 뒤에서 고개를 내밀었다. 나는 수빈이의 말랑말랑한 손을 꼭 잡고 흔들었다.

"수빈아, 누나 합격했어."

그때 엄마가 뒤로 물러서면서 말을 이었다.

"수림아, 정말 미안해. 수빈이 때문에 너한테 신경을 쓸 수가 없어. 합격 취소하고 일반고 가. 우리 형편에 어떻게 예고를 보내겠니? 레슨비 정말 어마어마하대."

역시 예상대로였다. 그렇지만 나는 실망하지 않았다. 이미 나는 내리막을 지나왔으니 말이다. 나는 엄마를 향해 천천히, 그리고 어눌하게나마 내 생각을 끝까지 밝혔다.

"엄마, 나 레슨 안 받고 예고 합격했어. 내가 합격할 수 있었던 건 음악 적성 검사에서 좋은 점수를 받아서야. 가장 나다운 연주를 했고 그걸 좋게 평가받은 거야."

"미안하다, 수림아. 개인 레슨 받지 않고 대학에 갈 순 없다고 들었어."

엄마가 휑한 눈빛으로 나를 물끄러미 쳐다보았다.

"엄마, 난 스스로 나만의 연주법을 터득할 거야. 일 대 일 강사 지원도 가능하다고 했고."

거기까지 말을 하는데 눈물이 쏟아졌다. 엄마가 반대해도 나는 예고에 갈 것이다. 내 결심은 어느새 확고해졌다.

한밤중에 톡이 왔다. 새미였다.

─축하해. 근데 너만 합격한 거 아니야.

─그럼?

─나도 미술과 합격! 아슬아슬 합격이야. 진로 샘이 내신도 안 되고 실기도 부족하다고 말렸지만 몰래 넣었지. 되든 안 되든 도전은 해 봐야 하잖아? 근데 넌 어떻게 합격한 거야? 세랑이랑 민형이 떨어졌는데?

─어머나! 축하해 새미야. 근데 세랑이랑 민형이가 떨어졌다고?

─응, 그렇게 설레발을 치더니 똑 떨어졌대.

새미는 미술과 디자인 합격자 명단을 찍어서 나에게 보냈다.

나는 새미의 전화번호를 눌렀다.

─정말 축하해. 너도 지원한 줄 몰랐어.

─하하, 떨어지면 창피할까 봐 입 꾹 다물고 있었지. 한빛예고는 창의성을 첫째로 꼽는다잖아. 난 아직 그림은 잘 못 그려도 창의성 하나는 자신 있었어. 아마 그래서 합격했을 거야. 미술과 실기 주제는 '장미를 든 손에선 장미 향기가 난다'였거든. 나는 바구니를 뚫고 허공에 치솟은 들

장미 두 송이를 그렸어. 음악과 실기 주제는 뭐였어?

나는 천천히 내 이야기를 털어놓았다.

—음악 적성검사가 16마디 곡을 연주하는 거였어. 곡은 쉬웠는데 '어떤 일을 시도하고 실패했을 때의 마음을 담아 연주하라'는 부제가 붙었어. 그동안 복도에서 혼자 피아노를 치던 점심시간이 떠오르더라. '인생은 회전목마'라는 〈하울의 성〉 주제곡도 생각났지. 그 찰나의 순간, 손가락이 춤을 췄어. 오랜 가뭄에 비가 내리고 개울물이 차오르는 그런 기분이었다니까!

더듬거리던 내 입에 발동이 걸려서 말이 쏟아져 나왔다. 꽁꽁 얼어붙었던 빙하가 녹아 넓은 바다로 치닫고 있었다. 새미가 속삭이는 소리가 아득하게 들려왔다.

—수림아, 나도 오랫동안 내리막이었어. 넌 모르지? 내가 왕따였다는 사실. 반장이라는 이유로…. 하하, 나의 오르막은 바로 너야.

나는 깜짝 놀라 새미에게 물었다.

—네가 왕따였다고? 너는 우리 반의 주인공이었는데?

새미가 콧노래를 부르며 속삭였다.

—하하, 박수림! 보이는 것과 현실은 많이 달라. 조금만 달라도 함부로 상대방을 무시하는 아이들 틈바구니에서 숨어서 들키지 않으려고 무진 애를 썼지. 너처럼 모든 것을 다 드러내면 쉽게 다쳐. 그렇지만 상처를 받으면 선물도 받거든. 너는 껍데기가 깨졌지만 속은 단단해졌잖아? 그런 네가 부러워.

누군가 내 진짜 모습을 보고 있었구나. 소름이 돋았다. 반 친구들이 모두 나를 이상한 아이라고 생각하는 줄만 알았다. 그런데 제대로 나를 비추는 거울이 있었다. 나의 내면을 비춰 준 두 반사경 새미와 음악 샘. 그러나 그들만 나를 비춰 준 것은 아니었다. 학생들이 규칙을 벗어날까 봐 늘 감시의 반사경 역할을 했던 담임. 그리고 어쩌면 세랑과 민형은 나를 가장 제대로 비춰 준 확대경이었는지도 모른다. 내 단점들을 확대해서 보여 주었기에 나는 내 모습을 제대로 볼 수 있었다. 물론 계속 그 반사경을 들여다보고 싶지는 않다.

─담임은 우리에게 규범을 가르치고 싶어 했어. 그래서 반장인 나에게도 늘 아이들을 통제하라고 했지. 정해진 규격 속에 우리를 넣어 놓아야 편안함을 느끼는 샘이었어.

나도 가슴 깊이 묵혀 둔 한 마디를 꺼냈다.

─담임은 내가 음악 샘이랑 친한 거 싫어했어. 내가 음악 샘과 진로를 상담하는 게 싫었나 봐.

─너 알고 있었니? 음악 샘이 널 편애한다고 그건 교육이 아니라고 생각했지. 예전에 한번 그런 이야기를 슬쩍 한 적이 있어 나한테.

─칭찬도 꾸짖음도 없는 교육은 편애보다 나을 게 없지 않아? 그리고 음악을 하고 싶어서 음악 샘과 상담하는 게 어때서?

나는 처음으로 당당하게 내 목소리를 냈다. 나를 비추는 반사경들, 나는 그 안에서 진짜 나를 발견했다. 그리고 그것은 예고라는 오르막길을 열어 주었다. 언젠가 다시 내리막이 다가오겠지. 그러나 오늘은 오르막! 힘차게 올라가고 싶다. 나도 모르게 발에 힘이 잔뜩 실렸다. 피아노 페달을 밟고 싶었다.

최현주

이 땅의 모든 청소년에게는 각자의 방식으로 자신을 치유할 힘이 있다고 믿는다. 그 희망의 근거를 찾아 기록하는 이야기꾼이 되길 꿈꾼다. 비룡소 블루픽션상을 수상했다. 청소년 소설집 『지구 아이』와 『내일의 생존기』, 동화 『우리들의 밸런스 게임』을 썼고, 장르소설 『유리섬』과 교보문고 '창작의 날씨'에 연재한 『가면놀이』를 전자책으로 출간했다.

엄마의 최애

1

오늘 아침도 어김없이 엄마의 잔소리로 시작했다. 엄마는 늦었다고 소리를 높였다. 엄마 말은 믿을 게 못 됐다. 절대 늦은 시간이 아니었다. 나는 베개로 귀를 막으며 소리를 질렀다.

"아~~~ 제발 10분만!"

엄마는 늘 단호한 구석이 있지만 아침에 유독 심한 편이다. 저벅저벅 걸어오는 소리가 공포스럽게 들린다. 그리고 한 치의 망설임도 없이 이불을 휙 걷어내 버린다. 갑자기 싸늘해진 공기에 몸을 애벌레처럼 동그랗게 만다. 엄마는 모기를 잡듯 내 엉덩이를 찰싹 내려친다. 정신이 번쩍 드는 그 순간이 너무 싫다. 짜증이 확 솟구쳐 온몸을 파닥거려 본다.

"아, 좀!"

잘 때 건드리는 게 세상에서 가장 싫다. 하지만 엄마는 나의 버둥거리는 몸짓에도 굴하지 않았다. 팔짱을 끼고 이 벌레를 어떻게 잡을까, 고민하는 표정으로 날 빤히 내려다봤다. 이불을 찾으려고 허공을 더듬던 손을 슬그머니 내렸다. 엄마의 레이저 눈빛이 따가웠다. 짜부라진 벌레가되기는 싫었다.

"빨리 일어나서 씻고 나와. 오늘도 늦을 거야?"

엄마의 잔소리가 시작되려는 시점에 전자레인지가 다 돌아갔다는 전자음이 들렸다. 예스! 엄마가 나가자 눈치를 보며 반쯤 일으키던 몸을 다시 침대에 납작 눕혔다. 얼굴에 물만 묻히고 나가면 5분은 더 잘 수 있었다. 그리고 1, 2분 늦는다고 세상이 무너지진 않는다.

"네가 지금 몇 살인데, 아직도 깨워 줘야 일어나? 유치원 다니는 애야?"

식탁에 앉자마자 엄마의 잔소리 폭격이 시작됐다. 손가락으로 귀를 막고 "아—" 소리를 내는 게 내가 할 수 있는 유일한 저항이었다.

"네 아빠 외국 나간다고 했을 때 세트로 보낼걸. 내 인생 최대의 실수다. 혼자 자유를 만끽할 수 있는 절호의 기회였는데…"

아빠는 제과회사에서 일하는데 한 달 전에 동남아 쪽으로 파견을 나갔다. 요새 외국에서 한국 과자의 인기가 좋아 수요가 많다고 했다. 6개월이라는 애매한 기간에 엄마는 고민하다 아빠 혼자 보냈다. 엄마는 아침마다 나를 함께 안 보낸 걸 땅을 치며 후회를 했다.

오늘의 아침식사는 간장계란밥과 계란찜, 사과다. 엄마는 공부하려면 탄수화물이 필수라며 아침에는 꼭 밥을 줬다. 먹기 싫지만 밥숟가락을 들고 학교까지 쫓아올 기세라서 일단 다섯 번만 먹는다. 몇 번의 실험 끝에 엄마가 다섯 번 정도 먹으면 불만이 없다는 걸 알아냈다.

"요샌 조금만 움직여도 덥네."

엄마가 손부채질을 하다가 검은색 카디건을 벗었다. 브래지어를 입지 않아 내의 위로 엄마의 처진 가슴선이 고스란히 드러났다. 내의 어깨 끈은 실밥이 풀어져서 해져 있었다.

"왜 브래지어 안 해? 다 보이잖아. 오래된 옷 좀 제발 버리고. 진짜 보기 싫다고."

"집에 너 말고 또 누가 있어? 집에서라도 편하게 있자. 다 벗고 싶은 거 너 때문에 참는 거야. 그리고 요즘 열이 올랐다 내렸다 난리도 아니야. 넌 모른다. 내 나이 돼 봐야 알지."

엄마가 나를 보며 혀를 끌끌 찼다.

나는 밥 한 숟가락을 크게 떠서 한입에 넣고는 서둘러 집을 나섰다. 엄마는 사과 한 쪽을 들고 따라 나왔다. 급하게 현관문을 닫으려고 했으나 엄마는 문틈으로 손을 쭉 뻗었다. 사과를 받고 재빨리 문을 닫았다. 주변을 살피고 나서야 한숨을 내쉬었다. 다른 집에서 사람이 나올까 봐 가슴이 두근거렸다.

이게 우리 모녀의 아침 루틴이다. 고작 아침밥 가지고 왜 저리 난리인지 모르겠다. 눈앞에서 버스를 놓칠 때면 더 화가 났다. 엄마가 내 앞길을 막는 돌부리처럼 느껴졌다.

계단을 내려가면서 학교에 찾아온 다른 엄마들을 떠올렸다. 하나같이 한껏 멋지게 꾸민 모습이었다. 친구 엄마들 중에 우리 엄마처럼 푹 퍼져 있는 사람은 없었다. 어른이라면 최소한의 자기관리는 해야 하는 것 아닌가. 아, 몰라. 내가 엄마 매니저도 아니고 제발 알아서 잘해 줬으면 좋겠다.

학교 수업을 마치고 학원 가는 길에 엄마한테서 전화가 왔다. 왈칵 짜증이 났다.

—지금 가고 있어. 이제 막 학교 끝났다고.

저번에 학원 한 번 빠졌다고 매일같이 확인 전화를 해 댔다.

—엄마, 병원이야.

—어?

착 가라앉은 목소리에 불안한 분위기가 느껴졌다.

—병원이라고. 오늘 입원해야 하니까 필요한 물건 좀 챙겨 와.

—왜? 무슨 일인데? 어디 다쳤어?

깜짝 놀라 소리쳤다. 친구들이 궁금한 얼굴로 내게 다가왔다.

—급성 위경련이래. 진정제랑 수액 맞고 있는데 시간이 너무 늦어져서 하루 입원하기로 했어. 내일 퇴원할 거야.

다행히 심각한 병은 아닌 것 같았다. 심장이 두근거릴 정도로 덜컥 놀랐는데, 맥이 빠졌다.

—걱정하지 말고. 필요한 게 칫솔이랑 슬리퍼랑….

—거기 살 데 없어? 편의점에 다 팔잖아. 오늘 학원에서 중간고사 대비 문제 풀이해서 늦게 끝난단 말이야. 수행평가 과제도 해야 하는데.

거짓말이었다. 학원에서 문제 풀이를 하는 건 맞지만, 제시간에 끝날 예정이었다. 오늘 생일인 애가 밥을 산다고 해서 친한 애들끼리 다 같이 모여 놀기로 했다. 애들 모임에 빠지고 싶지 않았다. 한 번이라도 빠지면 왕따를 당하는 느낌이 들었다.

—네가 언제부터 그렇게 공부를 열심히 했다고….

—언제는 비싼 학원 빠진다고 뭐라고 했잖아. 내일 바로 퇴원한다며?

—그래. 알았다. 집에 들어가면 연락해.

전화가 뚝 끊어졌다. 내가 원한 바였는데, 목에 가시가 걸린 것같이 따끔한 기분이었다.

"왜 그래?"

옆에 있던 친구들이 물었다. 난 고개를 흔들며 아무 일도 아니라고 했다. 빨리 가자고 애들을 이끌었다. 맞다. 아무 일도 아니어야 했다.

학원이 끝나고 친구들과 마라탕을 먹고 후식으로 탕후루까지 하나씩사 먹었다. 다음 코스는 옷 가게 투어. 늘 비슷한 코스여도 친구들이랑있으면 항상 꿀잼이었다.

"우리 인생네컷 찍으러 가자. 새 아이템 많이 들어왔대."

인생네컷은 진리다. 가발과 모자, 선글라스를 바꿔 가며 얼굴을 꾸몄다. 꺅꺅 소리를 지르다가도 사진을 찍을 때만큼은 숨을 멈추고 얼음이되었다.

얼마나 깔깔거렸는지 버스 정류장에 도착할 즈음에는 목이 아플 지경이었다. 그제야 시간을 확인하니 벌써 10시가 넘었다. 엄마에게 혼이 날까 봐 친구들과 헤어져 서둘러 집으로 향했다. 그러다 깨달았다.

'아, 오늘은 엄마가 없지.'

안도감이 들면서 발걸음이 늦어졌다. 이럴 거면 친구들이랑 더 놀다올걸. 괜히 후회가 됐다.

—집이야? 전화하라니까 왜 안 했어?

집에 들어갔더니 때마침 엄마에게서 전화가 왔다.

—과제하느라 바빴지. 몸은 좀 어때?

화제를 다른 곳으로 돌렸다. 과제 얘기를 하기에는 양심에 찔렸다.

—괜찮아. 문단속 잘 하고 자. 아침에 전화할게.

엄마에게 필요한 물건은 샀냐고 물어보고 싶은데 입이 떨어지지 않았다. 그제야 엄마 부탁을 너무 냉정하게 거절한 것 같아 겸연쩍었다. 아무 말도 못 하고 손가락으로 식탁 모서리를 만지작거렸다.

　—왜 대답이 없어?

　—알았어. 내일 오지?

　엄마의 귀가를 확인하고 싶었다.

　—그래. 걱정하지 말고 이불 잘 덮고 자. 나 없다고 늦게까지 폰 하지 말고.

　문단속을 하고, 이불을 잘 덮고, 숏폼 영상을 봤다. 어느 순간 엄마에 대한 걱정이 잊혔다. 시간이 순식간에 흘러 새벽녘에야 잠이 들었다.

2

엄마의 모닝콜 때문에 잠이 깼다. 하마터면 지각을 할 뻔했다. 핸드폰 너머로 엄마의 목소리가 쩌렁쩌렁하게 울렸다. 엄마의 성화에 평소보다 일찍 집을 나섰다. 근처 편의점에서 삼각김밥과 우유를 사 먹고 학교에 갔다. 어제 잠을 제대로 못 자서인지 머릿속이 멍했다.

오후에 엄마에게서 또 전화가 왔다.

—아직 병원이야. 퇴원 못 했어.

—왜? 무슨 문제 있어?

—소변에서 염증 반응이 나왔대. 검사를 더 받고 있어.

—심각한 거야?

나도 모르게 인상을 찌푸렸다.

—입원한 김에 이런저런 검사를 더 해 보는 거야. 결과는 오후 늦게 나온대. 퇴원은 내일 할게.

—토요일에도 퇴원할 수 있어? 내가 병원으로 갈까?

—됐어. 짐도 없는데 뭘. 집에 일찍 들어가.

어제 못 간 게 갑자기 신경이 쓰였다.

124

―필요한 물건은 샀어?

―살 거야. 오늘 퇴원할 줄 알았는데…. 학원 수업 잘 듣고 조심히 다녀.

엄마가 전화를 급하게 끊었다. 엄마의 목소리가 귀에서 자꾸 맴돌았다.

"우리 코노 갈까?"

학원이 끝나고 친구들이 물었다. 평소라면 좋다고 소리를 지르며 폴짝 뛰었을 것이다. 하지만 오늘은 그냥 고개만 살짝 끄덕이고 친구들을 따라갔다. 그러다 몇 걸음 걷지 못하고 결국 멈추고 말았다.

"나영아, 왜 안 와?"

더 이상 발이 움직이지 않았다. 앞서 걷던 애들이 무슨 일이냐며 뒤돌아봤다.

"미안한데, 집에 일이 있어서 가 봐야겠어. 담에 봐."

친구들에게 손을 흔들고 집으로 향했다. 엄마에게 전화를 걸었다.

―지금 병원 갈 건데 뭐가 필요하다고?

―됐어. 그냥 집에 가. 내일 바로 퇴원해서 필요한 거 없어.

―알아서 챙겨 갈게. 쫌만 기다려.

엄마 대답은 듣지도 않고 끊어 버렸다. 엄마랑 실랑이할 시간이 없었다.

집에 도착했지만 필요한 물건이 잘 생각나지 않아서 인터넷에 찾아보니 깔끔하게 정리된 목록이 나왔다. 세면도구, 수건, 충전기, 슬리퍼, 속옷, 운동복, 물, 컵…. 생각보다 챙길 게 많았다. 편의점에서 대충 사라고 했던 게 미안해졌다. 너무 늦게 가면 안 될 것 같아서 빨리 물건만 챙겨

125

서 집을 나왔다. 물건을 넣은 쇼핑백이 묵직했다.

　겨우 병원에 도착했다. 초행길이라 살짝 헤맸다. 쇼핑백이 무거워서 손을 번갈아 가며 드느라 시간이 더 지체됐다. 병원은 접수가 다 마감됐는지 로비는 불이 모두 꺼져 있고, 정문은 잠겨 있어서 들어갈 수 없었다. 어디로 들어가는 거지? 딩황스러웠다. 우 왕좌·왕하다가 건물 옆으로 사라지는 사람들을 발견했다. 그들을 따라 뒷문으로 들어갔다.

　겨우 병원 안으로 들어왔는데 로비에는 아무도 없었다. 엄마한테 전화하려다 멈칫했다. 병실 정도는 내가 알아서 찾아가고 싶었다. '짠!' 하고 나타나 놀라게 해 주고 싶었다. 입원실이 있는 3층부터 둘러보기로 했다.

　띵, 도착 소리와 함께 엘리베이터 문이 열리자 깜짝 놀랐다.

　"필요한 거 없다니까. 뭐 하러 왔어? 늦게 돌아다니지 말고 빨리 집에 가."

　엘리베이터 문 앞에 엄마가 서 있었다. 엄마는 나를 보자마자 내 팔을 잡고 보내려고 했다.

　"뭐야? 내가 올 줄 어떻게 알았어?"

　나는 밀려나지 않으려고 버티다가 겨우 엘리베이터에서 내렸다.

　"뭘 어떻게 알아? 네가 온다니까 계속 기다린 거지. 찾는 건 안 힘들었어?"

　엄마는 포기했는지 내 손에 든 짐을 자연스레 가져갔다. 나는 손을 탈탈 털면서 근육을 풀었다.

　"뭘, 이 정도 가지고. 몸은 이제 괜찮아?"

　"응. 이것저것 맞았더니 좋아졌어. 물건만 두고 나오자. 시간이 늦어서 떠들면 안 되거든."

엄마가 목소리를 낮췄다.

"벌써?"

시계를 보니 9시도 안 된 시간이었다.

엄마는 입술에 손가락을 갖다 대더니 병실 문을 조용히 열고 들어갔다. 전등은 꺼져 있고 뉴스 소리만 작게 들렸다. 8명이 함께 쓰는 병실에서는 5명이 각자의 침대에 누워 텔레비전이나 핸드폰을 보고 있었다. 엄마 침대는 문 옆에 있었다. 내가 들고 온 물품을 사물함 앞에 놓고 병실을 바로 빠져나왔다. 근처에 텔레비전과 의자 몇 개가 있는 휴게실로 갔다. 그곳도 텔레비전만 켜져 있어서 어두웠다. 병원은 밤이 빨리 오는 것 같았다.

"어디가 어떻게 아픈 거래?"

"그냥 위에 경련이 온 거야. 소변에서 나온 염증 반응은 약 먹고 내일 상태 보면 돼. 이직하면서 스트레스가 좀 있었나 봐. 진짜 별거 아니야."

텔레비전 불빛에 가려 엄마 얼굴이 잘 보이지 않았다.

엄마는 직장을 자주 바꿨다. 대부분은 물건 판매직이나 전화 상담을 하는 일이었다. 이렇게 몸이 아플 정도면서 일은 왜 그렇게 금방 그만두는지 모를 일이었다. 또 잘렸어? 하고 놀리면 한사코 아니라고 화를 냈다. 강한 부정은 긍정이라고들 하던데. 전에 한번은 나보고 꼭 기술을 배워 놔야 한다고 했다. 그래야 자기처럼 고생을 안 한다고.

"더 늦기 전에 빨리 가. 집에 도착하면 문자 하고. 혼자 잘 수 있지?"

"내가 뭐 애기야? 걱정하지 마."

"혼자 있다고 밤새지 말고. 일찍 자."

엄마의 잔소리가 또 시작되었다. 근데 밤샌 건 어떻게 알았지. 손가락으로 귀를 막고 "아—" 소리를 냈다.

"알았으니까 그만 가."

엄마가 인상을 찌푸리며 내 팔을 잡아끌었다. 엄마는 1층 뒷문까지 나를 데려다줬다.

"엄마도 이제 늘어가. 노착하면 연락할게."

엄마는 버스정류장까지 따라올 기세였다. 엄마를 겨우 병원으로 들여보내고 정류장으로 향했다. 이상하게도 마음이 무거웠다. 마음에 쌓인 돌무더기가 하늘에 닿을 것 같았다.

버스에는 사람이 많지 않아 뒷자리에 혼자 앉았다. 창밖의 어둠 사이로 가로등 불빛이 반짝거렸다. 창에 머리를 기댔다. 굳은 표정을 한 내 얼굴이 창에 비쳤다. 어딘가 낯설었다. 병원 휴게실에서 봤던 엄마 얼굴이 떠올랐다. 지금의 내 얼굴처럼 잔뜩 굳어 있었던 것 같다. 승객이 별로 없는 버스는 속력을 올리며 날듯이 달렸다. 그럴 때마다 머리는 창문에 쿵쿵 부딪혔고 얼굴은 이리저리 흔들렸다. 멀미를 하는 듯 어지러웠다.

문을 열자 현관 센서등이 들어왔다. 거친 숨을 토해 냈다. 계단을 뛰듯이 올라왔더니 숨이 찼다. 빌라 앞에서 옆집 남자가 담배를 피우고 있었다. 자주 봤던 사람인데도 나를 쳐다보는 눈길이 신경 쓰였다. 현관문이 제대로 잠겼는지 몇 번이나 다시 확인했다.

"자유다! 밤새 놀아야지."

엄마한테 도착 문자를 보내고는 라면을 끓였다. 엄마가 있으면 절대 못할 일이다. 어차피 내일은 토요일이었다. 태블릿으로 쇼츠 영상을 틀었다. 엄마가 있었다면, 밥 먹을 때 영상 보지 말라고 잔소리를 백번 했을 것이다.

　라면을 정신없이 흡입했더니 배가 불러 소파에 퍼졌다. 텔레비전 채널을 이리저리 돌리는데 지우한테서 톡이 왔다. 이런저런 이야기를 하다가 물었다.

　―내일 오후에 만나서 놀까?

　―안 돼. 내일 우리 여왕마마 생일 파티.

　―헐. 그런 것도 해?

　―안 하면 1년 내내 들들 볶여. 선물로 루이비통 스카프 샀어. 내 피 같은 돈ㄲㅠ

　―그렇게 비싼 걸? 넌 제빵도 하니까 케이크 만들면 안 돼?

　―우리 여왕마마 명품 러버야. 빵, 케이크 갖고는 성에 안 차지. 너희 엄마는 무슨 브랜드 좋아해?

　―글쎄. 명품 안 좋아할걸? 그냥 인터넷으로 아무거나 사던데?

　―에이, 명품 싫어하는 사람이 어딨어?

　지우의 말에 말문이 막혔다. 엄마와 명품의 이미지가 딱히 연결되지 않았다. 늘 낡아빠진 옷만 입고 다녔다. 하지만 명품 싫어하는 사람이 어딨냐는 말에는 부정할 수 없었다. 엄마가 뭘 좋아하는지 생각해 본 적이 없다. 고개를 갸웃거리며 지우와의 톡을 급하게 마무리 지었다. 생각해 보니 한 번도 엄마의 생일 파티를 한 적이 없었다. 왜 그랬지? 묘한 죄책감이 들었다. 설 명절에 끼어 그냥 흐지부지 넘어갔던 것 같다. 엄마는 왜 아무 말도 안 했을까?

"에잇, 모르겠다."

다른 곳의 불을 다 끄고 내 방으로 갔다. 넷플릭스에 접속해 오늘 놓친 드라마를 봤다. 못 보고 미뤄 둔 웹툰도 정주행했다. 그런데 갑자기 거실 쪽에서 물건이 툭 떨어지는 듯한 소리가 나서 깜짝 놀랐다. 한번 느껴 버린 무서움은 쉽사리 사라지지 않았다. 가만히 있으면 안 되겠다는 생각에 핸드폰 손전등을 비추며 거실로 나가 전등 스위치를 켰다. 소리가 날 만한 건 없었다.

주방과 옷방, 안방을 돌아다니며 불을 켰다. 소파에 앉아 텔레비전을 켜니 예능 프로그램이 재방송되고 있었다. 텔레비전 볼륨을 높여 거실을 꽉 채웠다. 그제야 안도의 한숨이 새어 나왔다. 방금까지 느낀 무서움이 거짓말 같았다. 뭐지? 이해할 수 없었다. 공포 영화를 찾아볼 정도로 겁이 없는 게 유일한 자랑거리였는데.

그제야 아까 엄마한테 가져갈 물건을 챙기면서 서랍을 다 뒤집어 놓은 게 눈에 띄었다. 엄마가 퇴원해서 보면 질겁할 게 분명했다. 집 안을 돌아다니며 물건을 정리하고 서랍을 집어넣었다.

안방도 세면도구와 화장품을 챙기느라 물건들이 흐트러져 있었다. 화장대를 정리하는데, 화장품이 기본밖에 없었다. 나도 색조화장품이 몇 개나 되는데 말이다. 파우더 팩트는 내용물이 깨져 있고 선크림도 바닥이 보였다. 정말 다른 화장품이 더 없는지 보려고 서랍을 열었다.

서랍을 뒤지는데 안쪽에서 모서리가 닳은 사진 앨범이 나왔다. 앨범에는 엄마가 어렸을 때부터 결혼하기 전까지의 사진들이 있었다. 처음 보는 엄마의 옛날 사진에 흥미가 생겼다. 사진에는 엄마가 교복을 입고 친구들과 떡볶이를 먹고 있었다. 다른 사진에서는 엄마가 미니스커트와 프릴이 달린 블라우스를 입고 분위기 좋은 카페에서 커피와 조각 케이크를 먹고 있기도 했다. 대학생 때인 것 같았다. 그중에 떡볶이를 먹고 있는 사진이 유독 많았다. 내가 떡볶이 먹을 때는 몸에 안 좋다고 엄청 뭐라고 했으면서. 어이가 없었다. 나의 음식 취향은 엄마로부터 시작된 게 분명했다.

한참 앨범을 훑어보다 밖으로 나갔다. 거실이 이상하게 낯설었다. 맞다! 엄마가 없구나. 이 집에 나 혼자 있다는 사실이 새삼스럽게 확 와닿았다. 소파에 앉으니 엄마 생각이 더 났다. 어제와는 너무나 달랐다.

엄마는 새벽에 일어나 있을 때가 많았다. 내가 새벽까지 놀다가 자려고 할 때면 엄마는 소파에 누워서 텔레비전을 보거나, 식탁에 앉아 뭔가를 열심히 적고 있었다. 그러다가 몇 번씩 깊은 한숨을 내쉬었다.

그런 엄마가 최근에 달라졌다. 잘생긴 남자가 재벌 집 아들로 나오는 뻔한 드라마에 빠진 것이다. 내가 집에 와도 건성으로 반길 뿐이었다.

"아니, 딸래미가 투명인간이야? 존재감이라고는 없다 정말…."

옆에서 투덜거려 봤지만, 엄마 귀에는 남자 주인공의 절절한 사랑 고백만이 들리는 듯했다. 일부러 거실을 서성거려 보기도 했지만, 엄마의 집중력은 대단했다. 남자 주인공을 따라 엄마도 빙그레 미소를 지었다.

"우웩!"

나의 모든 진심을 담은 반응이었다.

"넌 방에 들어가서 빨리 숙제하고 자."

엄마가 나를 흘겨보며 말했다.

"나 배고프다고. 뭐 먹을 거 없어?"

소리를 꽥 지르면서 냉장고와 찬장을 뒤졌다. 아무 대꾸도 하지 않는 엄마에게 짜증이 났다. 드라마 속 남녀 주인공은 오해가 풀려 사랑을 확인하며 포옹과 키스를 퍼부었다. 꼴값을 떨고 있었다. 저렇게 죽고 못 살다가도 아무렇지 않게 헤어지는 것이 사람 사이의 관계다. 등만 돌리면 그만이었다. 그런데 엄마와는 그렇게 되지 않았다.

엄마와 나는 언제부턴가 매번 전쟁을 치르고 있었다. 공부 안 한다고, 밤늦게 다닌다고, 쓸데없이 돈이나 쓰고 다닌다고…. 우리는 누구의 목소리가 더 큰지 경쟁하듯 싸웠다.

지금은 그렇게 징하게 싸우던 엄마의 존재가 조금 그리웠다. 나는 결국 온 집 안에 불을 켜고 방문까지 열어 놓고 침대에 누웠다. 쉽게 잠이 오지 않아 밤새도록 뒤척였다. 거실과 주방에 있던 엄마의 그림자가 눈앞에 계속 어른거렸다.

3

다음 날 이른 아침, 눈이 번쩍 떠졌다. 엄마의 알람 없이도 이렇게 일어날 수 있구나. 엄마 없는 이틀 동안 무슨 일이 있었던 걸까. 평소라면 엄마가 만든 음식 냄새가 풍겨 왔을 텐데…. 오늘은 내가 엄마에게 뭔가를 해 주고 싶다는 생각이 들었다. 이제 다 컸다고 칭찬을 듣고 싶은 건지도 몰랐다.

지우에게 전화를 걸어 빵 레시피를 물어봤다. 지우는 우리 엄마의 몸 상태까지 고려한 빵 레시피 영상을 보내 주었다. '초간단 NO밀가루 사과당근케이크'라는 이름은 듣기만 해도 건강해지는 느낌이 들었다. 빵만 하면 아쉬우니까 떡볶이까지 시도해 보기로 했다.

집 앞 마트에서 필요한 재료를 샀다. 사과, 당근, 아몬드, 계란, 시나몬 가루, 떡볶이 재료까지 사다 보니 생각했던 가격보다 더 많이 나왔다. 어쩔 수 없이 친구들이랑 놀러 가려고 모아 둔 비상금까지 탈탈 털었다.

서둘러 집으로 돌아와 앞치마와 일회용 장갑으로 완전무장을 했다. 몹시 어려운 수술을 앞둔 의사처럼 긴장이 되었다. 내가 할 수 있을까 의심이 들었다. 식탁에 늘어놓은 재료들이 눈에 들어왔다. 에잇! 한번 해 보

자. 두 팔을 걷어붙였다. 일단 유튜브 영상을 재생했다.

1. 사과 하나를 씻어 껍질을 벗기고 썰어 놓는다.
2. 당근 2개도 껍질을 벗기고 썰어 놓는다.

처음부터 난관에 부딪혔다. 사과 껍질을 깎는 게 쉽지 않았다. 다 깎고 나니 사과가 절반은 사라진 것 같다. 사과를 한입 크기로 잘라서 접시에 모아 두었다. 사과에서의 실패를 만회하기 위해 당근은 최대한 얇게 껍질을 깎고 반달 모양으로 숭덩숭덩 잘라 놓았다.

3. 믹서기에 사과와 당근을 넣고 달걀 4개를 깨서 넣는다.
4. 아몬드 150g과 시나몬가루 반 숟가락, 설탕 한 숟가락을 넣는다.
5. 믹서기를 돌려 모든 재료를 곱게 간다.

곱게 간다…. 여기서 또다시 막혔다. 잘 갈아지지 않았다. 왜? 뭐가 문제지? 믹서기를 몇 번이나 흔들고 재료를 뒤적여 봤지만 소용이 없었다. 물을 넣어야 하나? 한참 고민하다 지우에게 전화를 했다.

—사과랑 당근이 너무 큰 거 아니야? 조금 더 잘게 잘라 봐.

지우는 간단하게 해결 방안을 내놨다. 갑자기 지우가 존경스러워졌다. 일단 사과랑 당근을 꺼내야 한다. 하지만 달걀에 흠뻑 젖어 꺼내기가 쉽지 않았다. 어떻게 할까 고민을 하다 좋은 생각이 났다. 주방 가위를 꺼내 당근과 사과를 대충 잘게 잘랐다. 그제야 믹서기가 제대로 돌아가며 분쇄가 됐다.

6. 네모난 유리그릇에 재료를 붓는다.

7. 그릇에 랩을 씌우고 포크로 5~6군데 구멍을 뚫는다.

8. 전자레인지에 10분간 돌려 주면 끝!

생각보다 간단했다. 너무 쉬워서 불안하기까지 했다. 기대가 되면서도 걱정스러워서 자꾸만 주방과 거실을 왔다 갔다 했다. 조금만 기다리면 15살 인생 처음 만든 케이크의 결과를 알 수 있다.

띵! 전자레인지가 종료 알림음을 울렸다. 고소한 냄새가 났다. 그냥 만졌다가 손을 델 뻔했다. 오븐용 장갑을 끼고 접시를 꺼냈다. 겉모양은 꽤 그럴듯했다. 콧노래를 부르며 다른 접시에 옮기려고 하는데 또 다른 난관에 부딪혔다.

"어?"

케이크가 그릇에서 떨어지지 않았다. 이리저리 흔들어 봤지만 케이크는 그릇과 한 몸이 되어 움직일 생각을 하지 않았다. 당황스러웠다. 엄마가 곧 현관문을 열고 들어올 것 같았다. 칼로 살살 떼어 보려고 했지만 쉽지 않았다.

"앗!"

대참사였다. 칼에 힘을 주다가 케이크 중간을 잘라 버렸다. 결국 지우에게 전화해 징징대고 말았다.

—그릇에 오일 안 발랐어? 그러니까 안 떨어지지. 자르지 말고 먹어.

—아, 오일…. 칼로 떼어 내려고 하다가 가운데를 잘라 버렸는데 어쩌지?

—그럼 케이크를 조각내서 접시에 예쁘게 담아. 어쩔 수 없지.

당근케이크를 여러 조각으로 잘라 접시에 놓았지만 어떻게 해도 맘에 들지 않았다. 당근케이크 원형의 모습을 그대로 보여 주고 싶었는데.

하지만 이대로 무너질 수는 없다. 나의 메인 요리는 따로 있다. 두 주먹을 불끈 쥐며 다른 요리를 하려고 준비를 할 때였다. 현관문이 열리며 엄마가 들어오는 소리가 났다. 곧장 엄마에게로 달려갔다. 오늘따라 왜 이리 반가운지 모르겠다. 엄마도 그럴까?

"나 모르게 쿠킹클래스 열었니? 주방에서 스트레스라도 풀었어? 이걸 누구보고 치우라고."

엄마는 골치가 아픈 듯 이마를 짚으며 식탁에 앉았다.

"내가 치울게. 짠! 이거 내가 만든 거야. 밀가루가 안 들어가서 위에도 좋대. 그릭요거트랑 먹어 봐."

"뭔 일이래? 이걸 네가 만들었다고?"

엄마는 믿기지 않는다는 표정으로 당근케이크를 한입 먹었다. 나는 기대에 찬 눈으로 엄마의 표정을 살폈다.

"맛있네. 많이 달지도 않고."

"속은 어때? 염증은?"

"둘 다 괜찮아. 이젠 배고파서 뭐든 먹고 싶어. 많이 매운 것만 아니면 돼. 넌 뭐 먹고 싶어?"

"엄마는 뭐 좋아해? 내가 엄마 최애 음식 맞혀 볼까?"

"내가 최애가 어디 있니? 그냥 있는 거 아무거나 먹는 거지."

"나이를 아무리 먹어도 좋아하고 싫어하는 감정은 있는 거래. 유튜브에 나오는 할머니들이 그랬어. 엄마 최애 음식, 떡볶이지? 엄마 앨범 봤어. 떡볶이랑 빵 먹는 사진뿐이던데? 완전 빵순이였어, 울 엄마. 나한테는 그런 거 먹으면 큰일 나는 것처럼 얘기하더니."

"엄마 옛날 사진은 뭐 하러 보니? 옛날엔 매일같이 떡볶이 먹으러 다녔지. 친구들이랑 떡볶이 맛집 지도도 만들었는데. 지금은 먹고 싶어도 속에서 불이 나니까 못 먹어."

엄마는 뭔가 아쉽다는 표정으로 한숨을 푹 쉬었다.

"내가 안 매우면서 맛있는 떡볶이 해 줄게. 간장떡볶이! 양배추도 많이 넣고."

"또 뭘 한다고? 됐어. 더 난장판 되기 전에 그냥 시켜 먹자."

"아냐. 내가 레시피 찾아 놨어. 당근케이크도 성공했잖아. 조금만 기다려 봐. 내가 나중에 다 치울게."

나는 프라이팬을 꺼내 가스레인지 위에 놓고 예열을 했다. 엄마가 불안한 표정으로 주방에 들어오려고 일어섰다.

"안 돼. 잔소리할 거잖아. 편히 쉬고 있어. 내가 맛있게 해 줄게."

"알았다. 그럼 기대하고 있을게."

엄마는 소파에 가서 누웠다. 오늘은 드라마 볼 힘도 없는 모양이었다. 엄마가 잠이 들기 전에 완성하고 싶어서 서둘렀다.

달궈진 프라이팬에 기름을 두르고 양파를 먼저 넣은 다음 노랗게 될 때까지 볶았다. 그다음 대파와 양배추를 넣고 볶았다. 엄마는 여유가 되면 채소를 다듬어서 냉장고에 넣어 뒀다. 왜 저렇게 일을 만들어서 하는지 이해할 수 없었는데 오늘 이렇게 써먹을 줄 몰랐다. 치직거리며 채소가 볶아지는 소리가 주방 가득 울렸다.

"불 너무 세다. 좀 줄여."

엄마가 어느새 뒤에 와 있었다. 깜짝 놀라면서도 가스 불을 줄였다.

"쉬라니까 왜 왔어? 내가 한다니까."

"떡은 불려 놓은 거야?"

"아, 그냥 가만히 좀 계시라니까."

엄마는 내 손에서 뒤집개를 가져가려고 호시탐탐 기회를 노렸다. 나는 그걸 뺏기지 않으려고 손을 계속 휘저었다. 택견인지 무술인지 행위예술 인지 모를 실랑이는 결국 나의 승리로 끝이 났다. 나는 엉덩이를 내밀어 엄마를 필사적으로 마크했다. 떡과 잘라 놓은 어묵을 넣고 마저 볶았다. 그리고 대망의 소스! 유튜브를 뒤지다 가장 간단한 소스 레시피를 찾아 냈다. 간장, 설탕, 다진 마늘, 참기름을 각각 2:1:0.5:0.5 비율로 넣으면 된다고 했다.

엄마는 뭐가 그렇게 불안한지 미어캣처럼 내 등 뒤에서 얼굴을 삐죽 내 밀었다.

"잘하든 못하든 그냥 좀 지켜봐 주면 안 돼?"

엄마한테 괜히 소리를 질렀다.

"그게 얼마나 어려운 건지 알아? 그리고 누가 잘하래? 잘 못해도 돼. 다 치지만 마."

갑자기 츤데레? 엄마의 마음은 알다가도 모르겠다.

이제 어느 정도 떡볶이라고 할 수 있는 수준이 된 것 같다. 그런데 왜 맛있어 보이지가 않지? 흐릿한 갈색 컬러… 간장을 한 숟가락, 물엿을 한 바퀴 둘렀다. 이제야 조금 윤기가 나면서 먹음직스러워 보인다. 마지막으 로 통깨를 후두두둑 뿌렸다.

"자, 먹어 봐."

나는 프라이팬 채로 식탁에 놓았다. 이것이야말로 진정한 떡볶이 갬

성! 엄마는 어느새 수저와 앞접시를 식탁에 갖다 놓았다. 엄마와 손발이 척척 맞는 것 같아 괜히 기분이 좋았다. 엄마가 떡을 찍어 먹었다. 엄마의 표정을 살피며 나도 떡을 찍어서 입에 넣었다. 헉! 이것은 지우개인가 떡인가. 떡이 덜 붙었다. 레시피에 적어도 20분은 담가 놓으라고 되어 있었는데 급한 마음에 대충 씻어서 넣었더니…

"떡볶이 폭망. 몸이 아플 것 같은 맛인데?"

"괜찮은데? 뭐가 폭망이야. 맛있어."

엄마가 억지로 먹는 것처럼 보이지는 않았다. 나도 재도전. 여전히 맛이 없었지만, 아주아주 오래 씹었더니 단맛이 조금 나는 것도 같았다.

"근데 말이야…"

엄마가 젓가락을 내려놓더니 자못 심각한 얼굴을 했다. 이제 억지 연기는 못 하겠다는 걸까? 아니면 그만 들어가서 공부나 하라는 걸까?

"담번엔 고추장 떡볶이 콜? 우리 딸 덕분에 떡볶이길 다시 걷게 생겼네."

"크크, 정말? 나 떡볶이 공부 열심히 해 볼게. 기대해도 좋아. 안 맵고 맛있는 고추장 떡볶이!"

"그리고 나영아…"

왜 말끝을 흐려? 요대로 잘 마무리하자 제발.

"설거지할 거지?"

"걱정 마. 말 안 해도 하려고 했어!"

엄마는 꼭 저렇게 잘 나가다가 얄미운 소리를 했다.

"커피 연하게 타 줄 테니까 케이크랑 먹으면서 쉬고 있어."

식탁에서 일어서는데, 엄마와 눈이 마주쳤다. 아침마다 날 노려보던 그 눈빛이 아니다. 거실로 들어오는 따뜻한 햇살 탓인가. 눈을 깜박거리며 주방으로 갔다.

평소와는 다른 주말 풍경이었다. 엄마와 내가 있던 위치가 바뀌었지만 그리 나쁘지는 않았다. 산더미처럼 쌓인 설거지를 겨우 해치웠다. 먹은 건 얼마 안 되는데 설거지거리는 왜 이렇게 많이 나왔는지 미스터리했다. 오래 서 있었더니 발이 너무 아파서 스트레칭을 했다.

엄마는 어느새 식탁에 엎드려 자고 있었다.

"엄마! 방에 들어가서 편하게 자. 엎드려서 자면 힘들어, 응?"

이번에는 내가 엄마에게 잔소리를 퍼부었다. 그 잔소리에 담긴 마음이 어떤 맛인지 살짝 느껴졌다. 우리의 레시피는 앞으로 어떤 맛을 낼까 궁금해졌다.

최은규

MBC 창작동화대상에서 『친구랑 빙빙빙』으로 장편 부문 대상을 수상하면서 글을 쓰기 시작했다. 사서로서 각양각색의 개성을 가진 청소년들을 만나고 있기도 하다. 지은 책으로 『광화문 골목집에서』 『내가 혼자 있을 때』 등이 있고, 작업했던 그림책 중 여러 권이 대만, 태국, 중국 등에 번역 출간되었다. 그중 『비 오는 날은 정말 좋아!』는 초등학교 교과서에 수록되었고 『우리는 그렇지 않아』는 2022 우수출판콘텐츠로 선정되었다.

나의 얼굴을
처음 봤을 때

1. 여름이 오던 쿵에

"네가 왜 내 친구야?"

지나가 말했다. 나는 눈도 깜빡이지 못한 채 지나를 보았다. 냉기도 온기도 없는 저 얼굴. 영혼 같은 건 절대 깃들지 못할 듯한 저 단단하고 딱딱한 눈.

어떻게 저렇게 말할 수 있지?

거대한 수영장의 높은 다이빙대에서 떨어진 것 같았다. 쫀쫀한 물의 표면이 사정없이 후려치는 얼얼한 아픔에, 모든 소리가 한순간 어디론가 쑥 빨려 들어가는 것 같은 기이한 경험이었다.

연타라 충격이 더 컸을지 모른다.

"독서동아리, 나 혼자 할게. 네가 읽자고 하는 책들이 나하고 수준이 하나도 안 맞아."

"너무한다. 넌 친구한테 원래 이래?"

나의 물음에 대한 지나의 대답이 바로 '네가 왜 내 친구야?'였던 거다.

"그럼 난…?"

지나는 내 질문을 씹었다. 아무 감정도 없는, 그래서 애들이 마네킹 눈

144

깔이라고 부르는 그 플라스틱 같은 눈으로 나를 빤히 보기만 했다. 무슨 말인지 못 알아들은 걸까? 내 말에 정보가 부족했나 싶어 나는 아주 친절하게 다시 풀어 설명했다.

"지나야, 내가 내 친구들 배신하면서까지 너랑 같은 조 해 준 거잖아. 이제 와서 이러면 어떡해?"

'누가 그러래?' 같은 말은 예상했다. 그래서 받아칠 말도 미리 생각해 뒀다. 너 그때 좋아서 콩콩 뛰었잖아, 너 신나서 나한테 팔짱도 꼈었잖아, 너 그렇게 웃는 거 그날 다들 처음 봤을걸? 모든 게 다 사실이라서 나는 이걸 몽땅 한꺼번에 말할 수도 있었다.

그런데 지나는 전혀 예상하지 못한 말을 했다.

"내가 너하고 같은 조 해 줬지. 네가 같이 할 사람이 없어서."

어깨가 저절로 훅 밀렸다. 그러나 나는 용기를 냈다. 이건 다른 때처럼 어물쩍 넘어가 줄 수 있는 일이 아니었기 때문이다.

"무슨 소리야? 그때 사서 샘이 안 된대서 내가 먼저 말했잖아. 같이 해도 되냐고. 그래서 너랑 나랑 한 조로 신청한 거잖아. 뒤에서 내 친구들도 다 봤어. 그게 기억이 안 나?"

"무슨. 내가 먼저 너한테 그랬지, 같이 하자고. 네가 조를 못 만들어서."

'하…'

나는 누구에게나 친절하려고 노력한다. 그래서 누구든 나에게 친절했다. 덕분에 내 일상은 대체로 보드랍고 달콤한 케이크 같았다. 그런데 웬 정신 빠진 애 하나 때문에 나의 중학교 시절이 한순간 냄새 고약한 음식물 쓰레기로 변해 버렸다. 저 애는 나에게 저러면 안 된다. 3학년이 되어 같은 반에 옆자리 짝까지 된 지나에게 나는 먼저 웃어 보였다. 나에게 눈

145

길도 주지 않던 애한테 말도 내가 먼저 걸었다. 지나가 괜찮은 애라서 그랬을까? 천만에! 지나에 대해서라면 나는 이미 1학년 때부터 별별 소문을 다 들은 상태였다. 학교에서 입도 뻥긋 안 하다 집에 가는 애, 급식 혼자 먹는 애, 제 성미에 안 맞으면 선생님한테도 난리를 피우는 애. 나의 절친 선우는 이미 지나와 대판 싸우기도 했다. 걔네 아빠하고도.

그럼에도 나는 대동여지도를 색칠히는 사회시간 조별 수행평가 때 내가 먼저 손을 번쩍 들어 지나와 같은 조를 해 줬다. 내 뒤에 앉은 두 명을 설득해서 네 명 한 팀을 완성한 것도 나다. 급식 시간에는 지나 뒤에 우연인 척 줄을 서 준 적도 여러 번이고, 비 오는 등굣길에 지나가 우산 없이 걷고 있으면 기를 쓰고 달려가서 내 우산을 나눠 썼다.

상담실 위클래스 꽃다발 만들기 수업에 같이 가자고 한 것도 나다. 혼자 가기 뻘쭘하니 같이 가 달라고 부탁했다. 이건 사실 거짓말이었는데, 3월 한 달이 다 지나도록 내 말을 번번이 씹던 지나가 웬일로 이 제안에는 '그래'라고 대꾸했다. 보일 듯 말 듯 웃기까지 했다. 확실히 봤다. 우리는 서로 좋아하는 색을 묻고 그 색깔대로 만든 꽃다발을 선물했다. 이날부터 우리가 친구 사이가 된 거라고 나는 확신한다.

그로부터 며칠 뒤 지나랑 같이 급식을 먹고 나오는데 선우가 허겁지겁 나를 부르며 따라왔다. 선우는 자기를 쳐다보지도 않는 지나에게 눈부터 먼저 한번 흘긴 뒤에 수선을 피웠다.

"시작했어, 빨리빨리. 빨리 가서 신청하자. 선착순 25조래. 딱 100명!"

"와, 진짜? 올해는 왜 이렇게 빡빡해?"

"그러니까. 빨리 도서관으로 와. 거기서 다 만나기로 했어."

우리 학교 자율독서동아리는 인기가 많았다. 1학년 때 같은 반이었던 나와 베프들은 그때부터 네 명이서 함께 독서동아리에 가입하여 매년 우스꽝스러운 조 이름을 달고 금요일마다 활동했다. 카페 같은 도서관 분위기도 좋았고, 독후 활동을 할 때마다 받는 간식도 고급스러웠다. 가끔 갑자기 진행되는 이벤트도 재미있었다. 1년간 독후 활동 도장을 25개 이상 받으면 12월에 고퀄의 선물을 받을 수도 있었는데, 이런 훌륭한 조건을 고루 가진 동아리는 학교 안에 이 독서동아리가 유일했다.

우리는 도서관에 모여 가입신청서부터 후딱 썼다. 미리 정해 놨던 조 이름은 '요술공주'. 유치하기 짝이 없어 마음에 쏙 들었다. 곧 고등학생이 되는데 언제 또 이러고 노나.

가입신청서를 내려고 우다다다 안내 데스크로 몰려갔다. 그런데 우리 앞에 지나가 서 있었다. 지나도 이 동아리에 들어가고 싶어 찾아온 모양이었다. 하지만 이 동아리는 조끼리 서로 책을 추천해 주고 가끔 함께 해야 하는 독후활동도 있기 때문에 혼자서는 못 한다.

사서 선생님이 이 설명을 아무리 하고 또 해도 지나는 비켜서지 않았다.

"어떡하냐. 안됐다."

내가 아주아주 작게 속닥였다.

"안되긴 뭐가 안돼? 자업자득이지."

선우가 다 들리게 말했다.

이 말도 맞긴 맞다. 지나는 자기 내키는 대로만 하니까. 다른 사람 상황이나 기분은 조금도 헤아리지 않으니까. 그러니 이런 상황에 맞닥뜨리는 것이 당연하기는 했다. 하지만 안타까움에 동동거리는 지나의 발을 보게 된 순간 도저히 더는 모른 척할 수가 없었다.

나는 요술공주들 눈치부터 살폈다. 내가 무슨 짓을 할지 벌써 알아챈 친구들은 그만두라는 듯 나를 강렬하게 쏘아보았다. 아이들 눈빛이 압정처럼 나를 옴짝달싹 못 하게 콕 박아 버렸다.

하지만 나는 여기서 멈출 도리가 없었다. 제아무리 왕따, 스따에 혐오캐라 해도 중학교 졸업 전에 즐거운 일 하나쯤은 기억에 남아야 하는 것 아닌가? 지나에게 이런 추억을 만들어 줄 수 있는 사람이 이 학교에 오직 나뿐이라면 그 일은 내가 책임져야 하는 것이다. 우리 반 25명 모두, 심지어는 다른 반 애들까지 지나를 밥맛 없어 한다. 지나를 이런 채로 졸업하게 내버려두는 건 솔직히 비인간적이었다. 나이가 들어 돌아보았을 때 인생의 칸칸에 무엇이든 빛이 나는 한 줄기 흔적은 있어야지.

나의 신념은 확실하고도 견고했다. 나는 우는 얼굴을 만들어 보이고는 양해를 구한다는 뜻으로 가슴 앞에 두 손바닥을 맞대며 정중하게 고개를 숙였다. 그런 다음 몇 걸음 앞으로 나가 지나의 등을 톡톡 두드렸다. 나는 지나와 선생님을 번갈아 보며 조심스럽게 물었다.

"둘이서만 한 조를 해도 되면, 제가 지나랑 같이 해도 될까요? 책 읽고 다른 사람이랑 의견만 주고받으면 되니까 둘도 괜찮은 거죠? 지나야, 나랑 같이 하자."

쩔쩔매던 사서 선생님이 한숨을 폭 내쉬었다. 선생님은 더 이상의 조건 없이 우리를 한 조로 명단에 올려 주었다.

방과 후, 잔뜩 기분이 상한 요술공주들에게 나는 쫄면을 샀다.

"돌았냐. 어떻게 우리를 버려?"

선우가 으르렁댔다.

"짝이잖아. 짝이랑 안 친하면 학교생활이 얼마나 불편한지 너네도 잘 알잖아."

나는 기어들어 가는 목소리로 변명했다.

"저거 병이야, 병. 단군병. 홍익인간병. 불치병. 어이없어, 진짜."

선우가 화풀이를 하느라 쫄면에다 대고 젓가락을 팍팍 찍어 댔다. 나머지 둘은 잠자코 먹기만 했다.

이날 이후, 나의 단짝 친구들은 참 고맙게도 이 일로 더 이상 나에게 눈을 흘기지 않았다. 덕분에 봄이 그렇게 무탈하게 지나가고 여름이 시작되었다고 생각했는데. 모든 것이 나의 착각이었나 보다. 내가 왜 자기 친구냐니. 그게 가당키나 한 말인가? 내가 자기한테 어떻게 했는데.

2. 그리고 한겨울

반년이 훌쩍 지났다. 지금은 1월 초, 겨울의 한복판에 접어들었다. 내일이면 졸업식이다. 단축 수업이 끝나고 담임이 종례를 하러 들어왔다. 이것만 끝나면 마트에 갈 참이라 벌써부터 신이 났다. 선우가 몇몇 선생님들에게 졸업선물을 하고 싶다며 같이 가 달라고 했기 때문이다. 퉁명곰탱 선우. 뚱하고 거칠어도 정이 많은 애. 이래서 내가 선우를 좋아한다. 우리는 마트 가는 길에 쫄면도 사 먹을 작정이었다. 담임 말은 귀에 하나도 안 들어오고 엉덩이만 들썩였다. 그런데 갑자기 손에 쥐고 있던 핸드폰이 징징 울렸다. 선우였다.

— 미안.
  급 엄마한테 가는 중.
  선물 좀 대신 사 줘. 가능?
— 가능. 뭔 일?
— 이따 전화할게.
— 오케이.

엄마가 출근길에 꽃집 가서 내일 졸업식에 쓸 꽃다발을 맞춰 두라고 카드를 줬다. 이걸로 선우의 선물을 사다 주면 된다. 어젯밤에 뭘 사면 좋을지 목록도 같이 짰으니 그걸 보고 고르기만 하면 끝. 나머지 요술공주 둘은 학생회라서 졸업식 준비를 해야 했다. 10월에 기말고사가 끝난 뒤 여유롭게 시간을 보낼 때, 우리는 졸업을 앞두고 꼭 남기고 싶은 한마디를 다들 적었다. 그걸 오늘 학생회 애들이 강당 벽에 붙일 거랬다.

조금은 외롭고 쓸쓸한 기분도 들었지만 뭐 어째. 터벅터벅 혼자 교문을 나섰다. 그런데 누가 말을 걸었다.

"어디 가?"

뒤를 돌아 보았다.

구지나?

얼른 고개를 돌려 버렸다. 저 애한테는 눈도 마주쳐 주기 아까웠다.

구지나가 다시 물었다.

"어디 가?"

보면 모르냐? 교문 앞 횡단보도를 건너 아파트들이 모여 있는 남쪽으로 가는 대신 서쪽으로 방향을 잡은 걸 봤으니 굳이 대답이 필요하지 않을 것이다. 이 길은 주택가를 지나 마트와 번화가로 이어진다는 걸 이 동네 사람이면 누구나 안다. 나는 침묵을 지키며 보란 듯이 성큼성큼 걷기 시작했다.

지나가 내 등에 대고 허겁지겁 말했다.

"오늘 너희 집에 가려고."

미친 건가? 나는 천천히 몸을 돌렸다. 오늘은 체감온도가 영하 20도를 밑돌았고 북극으로부터 왔다는 바람까지 거칠고 드셌다. 지나의 얼굴이 꽁꽁 얼어붙어 있어서 일 년 내내 마네킹 같은 저 애의 표정이 읽기 더 어려웠다. 갑자기 나타나 어떻게 나에게 이런 부탁을 하지? 몹시 궁금했지만 저 아이 뇌의 작동원리를 이해하길 재빠르게 포기했다. 구지나의 마음 따위를 더 이상은 헤아리고 싶지 않았기 때문이다. 뒤돌아섰다. 어차피 나하고 저 애는 아무 사이도 아니다. 너무나도 태연하게 했던 그 말을 나는 똑똑히 기억하고 있다. 네가 왜 내 친구야?

이 말을 두 배 세 배로 되갚아 주고 싶다는 생각이 치밀어 올랐다. 확실하게 상처 줄 수 있는 말. '네가 왜 내 친구야'보다 더 세고 거친 말. 나는 허겁지겁 그런 말을 고르고 골랐다. 그러다가….

'그래 봤자 뭐 하나…'

복수하고 싶던 마음을 얼어붙은 길바닥에 툭 던져 버렸다. 나는 다정하고 즐거운 세상에 살고 싶다. 서로가 서로에게 친절을 베푸는, 대가를 계산하지 않고 먼저 도움의 손길을 내미는, 그래서 시시껄렁한 일로도 까르르 웃음을 터뜨릴 수 있는 그런 세상 말이다. 뻣뻣하던 어깨와 등의 힘을 쭉 뺐다. 내일만 지나면 저 애랑은 두 번 다시 볼 일이 없을 것이다. 지나는 과학고에 떨어진 뒤 이 동네에서 좀 떨어진 인문계 고등학교에 배정을 받았다고 들었다.

나는 서쪽을 향해 계속 걸었다. 지나는 두어 발자국쯤 떨어져 내 뒤를 따라왔다. 마트 입구에서 옷걸이에 걸린 특별 할인 패딩을 고르느라 사람들이 북적대고 있었다. 나는 후다닥 안으로 숨어들었다. 물품보관함 뒤에서 고개를 빼꼼 내밀었는데 지나가 안 보였다. 그래야지, 마땅히 가야지, 내가 싫다는데! 지나가 눈에 안 보이니 이제야 마음이 편해졌다. 나는 목록을 꼼꼼하게 살펴 가며 선우의 졸업선물을 골랐다.

첫 번째 중요한 할 일을 개운하게 마치고 마트 정문을 나서는데 누군가 내 등 바로 뒤에서 높은 쇳소리를 냈다.

"나, 갈 거라고. 너희 집에."

나는 기겁했다. 지나였다. 여태 날 기다렸다고? 짜증이 났다. 눈길조차 주지 않으며 나는 속으로만 빈정댔다.

'네가 왜?'

"갈 데가 없는데 그럼 어떡해?"

'무슨 상관?'

"날 데려가."

'꺼져!'

저 애는 나에게 뭘 부탁할, 아니지, 이렇게 아무렇지도 않게 말을 걸 자격조차 없다. 나는 친구로서 애를 썼다. 하지만 지나는 내 노력을 짓밟았다. 나에게 한 짓을 생각해야지. 유일하게 자신을 친구로 여겨 준 나한테 저지른 짓거리들을!

불룩한 장바구니 두 개를 양쪽 어깨에 단단히 걸어 잡고 다시 학교 쪽으로 방향을 잡았다. 교문 앞 삼거리에는 왼쪽 오른쪽으로 두 개의 횡단보도가 있다. 오른쪽 횡단보도를 건너면 꽃집이 나온다. 두 번째 중요한 할 일을 위해 나는 오른쪽 상가길로 갔다.

얇고 날카로운 바람이 꼬리빗처럼 머리칼 사이사이로 파고들었다. 머리 가죽이 쪼그라드는 느낌이 징그러워 모자를 쓰려는데 고무줄이 툭 떨어졌다. 그걸 줍다 눈이 마주쳤다. 지나의 텅 빈 눈. 저러고 계속 나를 따라온 건가? 오늘따라 지나는 영혼 없는 마네킹이라기보다는 좀비나 유령같이 음산한 느낌을 찐득하게 풍기고 있었다. 섬뜩했다. 얼른 꽃집으로 피신했다. 지나는 나를 따라 들어오지는 않고 가로수 아래 가만 섰다. 예전 같았으면 얼른 다시 나가 손목을 잡아끌고 들어왔겠지만 이젠 어림도 없다.

꽃을 잔뜩 준비해 둔 가게 안은 온갖 좋은 냄새들로 빽빽했다. 나는 통마다 가득 담긴 꽃들을 재빠르게 둘러보았다.

"어떤 꽃이 인기가 많아요?"

"골고루 잘 팔려요. 꽃은 다 예쁘잖아요."

엥, 인기 많은 꽃을 안 사려고 물어본 건데. 하긴 꽃들이 다 예쁘긴 예뻤다. 나는 그 가운데서 보라색 꽃을 몇 종류 골랐다. 사장님은 포장지와 리본을 나에게 고르라고 하다가 문득 밖을 보고 멈칫했다. 나도 덩달아 밖을 봤다. 지나가 꽃집 안을 뚫어지게 들여다보고 있었다. 추위로 일그러진 눈썹을 하고서 왼발 오른발 번갈아 가며 콩콩 뛰는 중이었다. 예전에 도서관에서처럼. 나는 눈살을 찌푸렸다. 사장님은 나를 한번 보더니 밖으로 나가 지나를 데리고 들어왔다.

"나는 꽃 알레르기 때문에 못 들어오는 줄 알았네…"

사장님이 자꾸 나를 흘끔거리며 얼른 코코아 두 잔을 만들어 줬다. 나는 지금 구지나 때문에 완전히 이상한 사람이 됐다. 억울했다. 감사하다는 인사도 없이 이런 대접이 마땅하다는 듯 당연하게 코코아를 받아 마시는 지나를 보자 쓴웃음도 나왔다. 그럼 그렇지. 그런 말을 할 줄 알면 구지나가 아니지.

사장님이 지나에게 물었다.

"학생은 꽃 안 맞춰요? 맞출 거면 우리 집에서 해요."

지나는 무심하게 답했다.

"저는 졸업식 안 가요."

"왜에? 아하! 가족끼리 좋은 데 여행가나 보다아."

이건 말이 안 된다. 여행을 간다면 왜 굳이 우리 집엘 오겠다고 저러고 있을까? 식구들이랑 하하호호 신나게 수선을 피우며 여행 짐을 쌀 이 시간에.

꽃집을 나오면서 물었다.

"말해. 무슨 일이야?"

무시.

"또, 또! 아주 마지막 날까지 내 말을 씹는구나. 대답해. 왜 날 찾아온 건데?"

또 무시.

단 하루라도 지나에게 존중받을 수는 없는 건가? 내가 무슨 죄를 지었다고? 친절하게 대해 준 죄? 잘해 주려고 애쓴 죄? 분한 마음에 나는 불쑥 엉뚱한 협상안을 제시하고 말았다.

"오늘, 내가 물어보는 말에 꼬박꼬박 다 대답하겠다고 약속하면 우리 집에 있게 해 줄게."

지나의 동공이 또렷해졌다. 나는 이것을 협상 수락으로 받아들이고 다시 질문했다.

"말해 봐. 무슨 일이야?"

지나가 귀찮다는 듯이 툭 뱉었다.

"굳이…. 어차피 선우가 다 말할걸."

예전이라면 우리의 대화가 이렇게 끝나도 그러려니 했을 것이다. 지긋지긋하게 당해서 어느 정도는 몸에 밴 일이니까. 그러나 지금은 상황이

155

다르다.

"네 입으로 말해. 우리, 상호협상한 거 아니야? 이제 나한테 배려나 관심 같은 건 기대 안 하는 게 좋아. 어림도 없어."

한 자 한 자 힘주어 말했다. 예전과는 완전히 달라진 내 태도에 지나가 조금은 긴장하기를 바랐다. 하지만 지나는 기도 안 찬다는 듯 고개가 젖혀질 정도로 큰 숨을 돌이쉬더니 오히려 자기가 큰소리를 쳤다.

"뭐가 배려고 뭐가 관심인데? 집에 사람들이 몰려왔어. 피해 있고 싶었어. 됐냐? 이게 뭐라고 자꾸 물어?"

듣고 보니 별일이 아닌 것도 같았다. 그러나 나는 오늘 지나의 뜻대로 놀아날 생각이 눈곱만큼도 없었다. 나는 글자마다 힘을 주며 캐물었다.

"그러니까 왜? 왜 몰려왔냐고."

지나는 입을 꾹 다물었다.

"대답 안 하면 우리 집에 못 있어. 남의 집도 아니고 우리 집에 있겠다는데 왜 우리 집인지, 왜 나인지, 이유는 알아야지. 너라면 안 그러겠냐, 지금 우리 같은 사이에?"

"…"

"그래라. 그럼 너는 여기서 네 갈 길 가. 나도 내 갈 길 갈 테니까."

거침없이 홱 뒤돌아서자 지나가 얼른 내 장바구니를 잡았다.

"아빠가… 오늘이…."

"오늘 뭐? 너네 아빠가 왜?"

"말하고 싶지 않은데…. 기필코 내 대답을 듣겠다면 초성으로 말할게. 어쨌든 그것도 대답은 하는 거니까. 맞지?"

어휴, 저 진상. 머리는 좋아 가지고. 일리가 아예 없는 말은 아니었다.

156

게다가 저 애의 형편이 궁금해서가 아니라 오늘만큼은 반드시 내 말을 쉽지 않게 하려는 것이 협상을 제시한 목적이었으므로 나는 크게 봐준다는 듯 고개를 까딱했다. 지나의 입이 조심스럽게 움직이나 싶더니 또 다물렸다. 그와 동시에 그 애의 눈동자가 다시 플라스틱처럼 변했다. 어휴, 답답해. 저럴 때마다 나는 지나가 소리도, 냄새도, 바람도 전혀 스며들지 못하는 밀폐용기 안에 숨어드는 것처럼 느껴졌다. 뇌파로 스위치를 조작하면 자신과 세상의 연결을 한순간에 딱 차단해 버리고 마는 완벽한 장치를 갖고 있는 듯했다.

나는 그 껍데기에다 대고 말했다.

"답 안 할 거면 나는 간다. 바빠."

지나가 급히 초성을 토해 냈다.

"지읏 피읖."

지읏 피읖? 쥐포? 종편? 다 이상했다. 또 뭐가 있을까…. 생각이 안 났다. 얼른 핸드폰을 꺼냈다. 아, 웬일! 장판, 장편, 자폭, 재판, 적폐, 정품, 점포, 제품, 조폭, 지퍼, 지폐…. 343개의 단어가 주르르 나타났다. 요것 봐라! 무슨 말이든 다 해 보렴. 초성 맞히기, 이건 누가 보더라도 내가 이기는 싸움이다. 저 혼자 앞장서 걷기 시작한 지나의 등에다 대고 약간 거들먹거리며 씩씩하게 알렸다.

"야, 그쪽 아니거든!"

오늘의 세 번째 할 중요한 일로 포장지를 사야 했다. 갈 데는 빤했다. 꽃집 길 건너편 독립서점. 우리 학교 애들은 이 가게를 좋아한다. 차도 팔고, 디저트도 팔고, 서점이니까 당연히 책도 팔지만 우리 관심은 딴 데 있었다. 이를테면 겨우 20매밖에 안 들어 있으면서 4천 원씩이나 하는 포스트잇 같은 거. 학교 뒤편 고급 빌라 단지에 사는 지나 같은 애들이나 사서 쓰고 우리는 아이 쇼핑만 하는 비싼 문구들 말이다.

지나는 어느새 두어 걸음쯤 나를 앞질렀다. 거칠게 몰아치는 겨울바람에 지나의 머리칼이 휘날렸다. 언제 머리칼이 저렇게 길었지? 지금 보니 몸도 비쩍 말랐다. 지나는 통통한 편이었는데…. 지금 내 앞에 걷고 있는 지나가 내가 알던 그 지나가 아닌 것처럼 느껴졌다.

서점 안에는 아무도 없었다. 손님들이 머물렀던 흔적만 테이블 위에 컵과 비닐봉지로 가득했다. 사장님은 오늘도 문을 활짝 열어 놓은 채 숨이 끊긴 마음의 평화를 부활시키기 위해 어디론가 떠났나 보다. 큰 테이블 하나에 의자가 열 개 남짓뿐인 이 서점은 당연히 차를 마시며 오래 수다를 떨다 가는 카페가 아니다. 그럼에도 단골 치맛바람 아줌마 부대가 줄기차게 이곳을 모임 장소로 써 대는 바람에 사장님은 열불이 나면 곧잘 다른 가게로 피신을 갔다.

꽃집에서처럼 지나는 또 서점 안으로 들어오지 않았다. 바로 옆 버블티 가게와 서점을 가르는 좁은 회색 벽에 등을 기대고 섰다. 학교와 꽃집과 서점이 각각 찻길을 사이에 두고 정삼각형으로 꼭짓점을 이루는 이 삼거리에는 희한하게도 계절을 가리지 않고 차보다 바람이 더 쌩쌩 달렸다. 그러니 이런 날은 아무리 비싼 패딩에 털부츠를 신고 있다고 해도 소용없다. 나는 스르르 닫히고 있는 문을 발끝으로 막고 얼굴만 내밀어 지나를 불렀다. 그러지 말자고 다짐을 해 놓고 또 이런다. 도대체 나도 내가 왜 이러는지 모르겠다.

"야, 들어와. 사장님 언제 오실지 몰라."

지나는 꿈쩍하지 않았다. 우리 집에 있겠다고 끈질기게 쫓아다니는 애가 나하고 같이 있는 걸 이렇게나 불편해하다니. 그나저나 어쩜 같은 학교를 3년씩이나 다녀 놓고 잠시 피해 있을 친구 집이 단 한 군데도 없냐. 지나가 또 안쓰러워지려고 해서 나는 얼른 오지랖 펄럭이는 이 생각부터 단단히 동여맸다.

"너 그러다 동상 걸려."

조금 열린 문으로 목까지만 내밀었는데도 이마가 다 찌릿했다. 지나는 머뭇대다 안으로 들어와서 너저분한 테이블을 내려다보았다. 자기 엄마를 생각하는 중일지도 모른다. 치맛바람 아줌마 부대 대장이 자기 엄마니까.

선우가 지나와 대판 붙었던 것은 바로 얘네 엄마 때문이다. 지나네 엄마가 여기서 요술공주 중 하나인 예은이를 과학고 과외 팀에 끼워 주지 말자고 열변을 토했다는 얘기가 다음 날 학교에 쫙 퍼졌기 때문이다. 이유도 참 거지 같았다. 예은이가 임대아파트에 살아서란다. 임대아파트 사는 사람들은 자식을 잘 못 챙긴다나. 그럼 자기가 좀 챙기면 되지. 같은 팀 엄마고, 자기 딸 동기고, 한 동네 사람인데. 정말 말이 안 되는 소리다. 선우는 지나네 아빠하고도 대판 붙은 적이 있다. 우리 동네에서 손세차장을 하는 자기 아빠에게 지나네 아빠가 반말지거리로 사업에 대해 이래라저래라 훈수 두는 장면을 목격했기 때문이다.

한참 만에 서점 사장님이 돌아왔다.

"생각보다 빨리 갔네? 대장이 없으니 일찍 끝나는구면."

사장님이 미안한 듯 웃으며 빈 의자들을 눈으로 훑었다. 나는 미리 골라 둔 편지지와 포장지를 계산했다.

159

"그나저나 아주 동네가 들썩들썩 난리다. 어떻게 동네 사람들한테까지 그런 못된 짓을, 쯧쯧…."

사장님이 중얼거렸다.

양쪽 어깨의 장바구니에, 서점에서 산 포장 재료와 편지지까지 짐이 하나 더 늘었다. 나는 선우의 선물들이 다치지 않도록 몸을 비틀어 빼며 아슬이슬 서점 문을 통과했다. 먼저 나간 지나는 인도에 서서 내가 괴상망측하게 엉덩이를 앞뒤 좌우로 흔들며 빠져나오는 걸 구경만 했다.

"야, 이거 하나 들어."

밉살스러워서 내가 장바구니 하나를 불쑥 내밀었다. 하지만 지나는 내 손을 싹 무시하고 몸을 돌려 저 혼자 걷기 시작했다.

"뭐 하나 들어 주고 싶은 마음이 안 생기니?"

지나가 걸음을 멈췄다. 몸을 돌이키더니 오히려 나에게 찔러 말했다.

"너나 작작 해. 자기 짐도 아닌 걸 왜 그렇게 끙끙대며 들고 다녀, 이 북극 한파에."

지나는 저 혼자 우리 아파트를 향해 다시 걷기 시작했다. 홍, 그래라. 마음대로 하셔. 동, 호수도 모르는 주제에. 우리 집 가는 길이 어디 이 길뿐이냐? 나는 일부러 저수지와 수목원을 끼고 도는 다른 길을 선택했다. 내가 거꾸로 가고 있는 줄도 모르고 지나는 느긋한 산책을 하는 사람처럼 나로부터 천천히 멀어져 갔다.

가성비로 치면 손해였지만 둘러 가는 이 길은 언제나 아름답다. 나는 꽁꽁 얼어붙은 저수지 위 거미줄 같은 나무다리를 이리저리 건너다녔다. 나나 작작하라고? 이보세요, 구지나 씨. 남의 거가 아니고 내 친구 선우 겁니다. 친구 사이는 원래 이런 거라고요. 알지도 못하면서! 이러니 너한

160

테 친구가 없는 거다. 이 재수탱이야.

씩씩대며 걸어서 그런지 칼바람이 우스워졌다. 롱패딩 안에서 턱밑으로 열기가 훅훅 올라왔다. 구지나, 내가 어디 집에 일찍 갈 줄 알고? 너오늘 길에서 실컷 떨어 봐라.

어, 그런데 이게 웬일. 군데군데 눈이 남아 있는 근사한 공원을 굽이굽이 돌다가 다시 저수지 입구 쪽으로 왔는데 저 앞에 또 지나가 서 있었다. 찰거머리. 나는 일부러 쿵쿵 발소리를 만들며 지나에게 돌진했다.

그런데 뭐지? 지나는 나를 보고 있지 않았다. 길 건너 자기네 빌라 단지를 넘겨다보느라고 내가 가까이 다가간 것도 몰랐다. 나는 조금 전 지나의 태도에 분통이 터져서 얘를 응징하고 싶은 마음에 바로 옆으로 가서 꽥 소리를 질렀다.

"너, 도대체 나한테 왜 그랬냐?"

지나가 화들짝 놀라 고개를 돌렸다. 지나의 눈이 좀 달랐다. 우리 아빠가 교통사고로 중환자실에 있을 때 엄마가 나를 보던 그 눈, 엄마가 이모에게 빌려준 큰돈을 떼였을 때 아빠가 나를 보던 그 눈. 지나의 눈에는 내가 전에 가족의 눈을 통해 알게 되었던 절망과 공포가 고스란히 담겨 있었다.

지나는 얼른 다시 빌라 단지를 넘겨다보았다. 그제야 어느 한 집에 사람들이 떼로 몰려와 에워싸고 있는 게 내 눈에도 들어왔다. 백 명도 넘어 보였다. 어쩌면 이백 명이 넘을지도 모르겠다. 지나는 거기서 눈을 못떼며 내게 말했다.

"우리 아빠, 이 동네에도 부동산 지점이 있어. 직원들이 집 소개하고 그럴 때, 그 집에 우리 학교 학생이 있으면 다 알려 줘. 우리 엄마는 과외

161

짜고 다른 엄마들 쥐락펴락하는 게 취미거든."

웬일. 얘가 자기 속 얘길 할 때도 있다니. 나는 조금 얼떨떨해졌다.

지나네 아빠가 꽤 큰 부동산 회사 대표라는 건 전부터 알고 있었다. 우리 반 자동차 박사 현채가 그러는데 지나네 아빠 차는 우리나라에 딱 세 대밖에 없는 귀한 거라고 했다.

"그런데 넌 무슨 얘기 못 들었나 보다? 우리 아빠에 대해서?"

"너네 아빠 뭐?"

지나의 입꼬리, 눈꼬리에서 짜증이 흘렀다.

"우리 아빠가… 시옷 기역… 이런 걸 했지."

"시옷 기역이 뭔데?"

"그건 네가 알아내야지. 근데 뭐, 어차피 곧 알게 될걸, 오늘 안에. 선우가 너한테 다 말할 거야."

이 말을 하던 지나가 갑자기 주먹을 옴팡지게 말아 쥐었다. 그러더니 빌라 단지를 향해 쏜살같이 달리기 시작했다. 저 애가 저렇게 빨랐나? 지나를 눈으로 좇다가 얼른 거추장스러운 짐들을 바닥에 내려놓고 검색을 했다. 컥, 이게 뭐야. 초성 시옷 기역으로 된 단어가 1,245개나 된다고? 사가, 사감, 삿갓, 사건, 사격, 사과, 사기, 삭감, 산골…. 너무 많아서 샤, 서, 셔, 소, 기타 등등 뒤에 있는 단어들은 훑어보지도 못했다. 나는 저 멀리 횡단보도를 건너 순식간에 멀어지고 있는 지나를 향해 고래고래 소리를 질렀다.

"야! 나 어떡해? 여기서 기다려?"

3. 졸업식

"근데… 지나는 나한테 왜 그랬을까? 왜 내가 같이 할 사람이 없어서 자기가 나하고 독서동아리를 같이 해 준 거라고 한 걸까? 궁금해 죽겠는데 이제 물어볼 기회도 없네."

졸업식장으로 가던 길에 문득 요술공주들에게 물었다.

"자기가 그런 처지인 걸 도저히 인정할 수 없어서 그랬겠지. 죽을 만큼 창피해서, 아님 비참해서?"

예은이 말했다.

"그렇다고 그렇게 눈을 동그랗게 뜨고 거짓말을 해? 당사자인 나한테?"

"그 마음을 누가 알겠어. 구지나만 알겠지."

언제나 신중한 윤지가 긴 한숨을 내쉬었다.

"재수 없게 왜 또 구지나 얘기야?"

선우가 발을 쿵 굴렀다. 그래서 나는 얼른 다른 걸 물었다.

"근데… 우리가 처음에 어떻게 친해졌는지 알아?"

요술공주들이 갑자기 골똘해졌다. 모두 한참 동안 답하지 못했다. 그게 그렇게 중요한 건 아닌 것 같기도 해서 우리는 꽁꽁 숨어 버린 기억을 찾아 캐내는 대신 선우의 선물 보따리를 나눠 들고 조심조심 걷는 데 집중했다.

어제는 살갗이 찢어질 듯 날카로운 바람이 불었는데 오늘은 희한하게 바람도, 햇살도, 모든 것이 편안했다. 어제 일이 떠올랐다. 지나가 정신없이 뛰어갈 때, 내가 고래고래 소리를 지를 때, 경찰차 세 대와 구급차가 왱왱 시끄러운 소리를 내며 연달아 빌라 단지 안으로 들어갔다. 분명 지나네 가족과 관련된 일이었을 것이다.

그 뒤에는 어떻게 되었을까?

지나를 따라갔어야 했나 후회와 고민 어디쯤에서 잠 못 들고 뒤척이던 어젯밤, 선우에게서 전화가 왔다.

"우리 집, 이제 길바닥에 나앉을 거래. 양평 할머니네 말곤 다른 데 갈 데도 없대."

선우는 엄마랑 재판을 보러 갔는데 전세 사기를 친 부동산 대표가 무혐의로 풀려났다고 했다. 사람들이 아우성쳤고 그중에는 기절한 사람도 있었단다. 이 일은 뉴스에도 나왔다. 엄마는 밤새 울었고 아빠는 그 추위에 새벽까지 놀이터에서 혼자 있다 들어왔다며 선우가 씩씩댔다.

솔직히 선우가 어젯밤 해 준 이야기를 제대로 알아들을 수는 없었다. 구청 같은 데서 뗀다는 등기부, 피고, 원고, 이런 단어들이 먼 나라 외국어처럼 그 뜻이 와닿지 않았기 때문이다. 그럼에도 불구하고 덤불같이 이리저리로 복잡하게 뒤엉긴 이야기 속에 어제의 모든 일을 한 줄로 꿰는 한 가지가 있었다. 재판장을 뻔뻔하게 걸어 나간 그 대표가 바로 지나네 아빠라는 것.

지나네 아빠가 어제 재판을 받았구나, 사기를 쳐서 그랬구나. 벌을 받지 않고 미꾸라지처럼 빠져나갔구나. 그래서 피해자들이 어제 지나네 집 앞에 몰려든 거구나. 지나는 숨어 있을 곳이 필요했구나….

졸업식이 열리는 강당에는 이미 많은 아이들이 와 있었다. 안 온다던 지나는 정말로 안 보였다. 자리를 찾아 앉기 전에 우리는 우리가 쓴 쪽지를 찾으러 갔다. 졸업 전 꼭 하고 싶은 말 한마디, 강당 벽 하나를 가득 채운 그 수많은 쪽지 가운데 나는 지나의 포스트잇을 찾아냈다. 지나의 글씨체는 꽤 독특했다. 정자체로 반듯하기도 하고 리듬감 같은 게 있어서 못 알아볼 수가 없었다.

나는 불쌍한 애가 아니야.

뭐? 이건 나에게 하는 말이 분명했다. 중학교 시절에 소중하게 빛나는 순간을 만들어 주려던 나의 순수한 마음을 이렇게 제멋대로 해석해도 되는 건가?
나는 목소리가 거칠어졌다.
"애 봐라. 황당하네, 진짜. 내가 언제 자기를 불쌍하다고 했다 그래? 집도 부자야, 공부도 잘해. 게다가 못생기지도 않았잖아."
"성질머리가 거지 같았지. 넌 만날 구지나 안됐다고 그랬고."
선우가 강가에 자갈 하나 툭 던지듯 무심하게 말했다.
"함께했던 시간은 이제 추억으로 남기고…" 느릿한 노래와 함께 강당 앞 대형 스크린 위로 3년 동안 우리가 찍힌 사진들이 찬찬히 넘어갔다. 거기 지나의 얼굴도 들어 있었다. 상담실에서 꽃다발을 만들며 보일 듯

말 듯 웃는 지나, 운동회 날 혼자 건물 뒤 그늘에 숨어 책을 읽던 지나. 지나를 보는 나도 거기 있었다. 나는 나의 얼굴을 보고 소스라치게 놀랐다.

맞구나. 저 표정.

나는 지나를 동정했구나. 친구가 없다고, 선생님도 손을 놓았다고, 인성 없고 무례한 부모를 두었다고. 지나를 보는 나의 눈동자에 바로 이런 말들이 들어 있었다.

얼굴에 열이 오르고 심장이 콩콩 뛰기 시작했다. 내 민낯을 들켜 창피해서 그런 건지 아니면 나 자신에게 화가 나서 그런 건지 알 수는 없었다. 추측마저 불가능할 정도로 엄청나게 헷갈렸다.

요술공주들이 나를 살피며 조심조심 말했다.

"그냥 둘이 너무 안 맞았던 거야."

"각자 자기 세상이 있는 법이지."

"아마 지나도 너한테 맞춰 주려고 노력했을지 몰라. 나름."

나의 얼굴은 더 빨개지고 심장은 더 심하게 콩콩댔다. 머리가 왕왕 울리는 중에 저 앞에서 체육 선생님이 반별로 나누어 자기 자리를 찾아 앉으라고 마이크에다 대고 말했다. 우리 요술공주들은 각자 흩어져 자기네 반 의자를 찾아갔다. 나는 친구들이 섭섭했다. 나쁜 년, 굴러든 복을 제 발로 찼지, 하면서 같이 지나 욕이나 해 주지.

시험 삼아 돌아가던 아까 그 화면이 정식으로 다시 돌아가기 시작했다. 지나를 보는 내 표정들이 되풀이되어 내 눈에 박혔다. 하…. 저절로 긴 한숨이 나왔다. 지나 말이 다 맞다. 나는 지나를 불쌍하게 생각한 게 틀림없다. 각자 자기 세상이 있는 법인데, 나는 지나에게 괜찮은지 물어

보지도 않고 내가 꿈꾸는 다정한 세상으로 억지로 잡아끌었다. 내가 물을 좋아한다고 해서 물을 무서워하는 아이를 수영장에 맘대로 끌어당기면 안 되는 것이었다. 지나를 향했던 나의 얼굴이 이제야 선명하게 다시 보였다. 졸업식 날 이런 식으로 나의 얼굴을 처음 보게 되다니. 인생이란 참으로 오묘한 것이다.

나에 대한 실망, 아직 말끔히 걷히지 못한 친구들에 대한 서운함, 지나에게 변명을 하고 싶은 마음 같은 것들이 마구잡이로 울뚝불뚝 뒤섞였다. 나는 졸업식에 집중하지 못하고 핸드폰만 만지작거렸다. 그때 진동이 울렸다.

— 친구니까 솔직하게 말한 거야, 알지?
— 우린 널 사랑해.
— 할머니가 될 때까지 만나 줘, 제발~

요술공주들이 한 줄씩 남긴 톡에 괜히 눈물이 핑 돌았다. 서서히 가슴이 얌전해지기 시작했다. 뜨거웠던 얼굴이 식어 가는지 강당 안의 차가운 공기가 볼에 난 솜털을 미세하게 흔들고 있는 게 느껴졌다. 미안하다, 구지나. 말도 안 되게, 지나가 조금 그리워졌다.

나는 나와 내 친구들이 언제 어떻게 친해졌는지를 기억하고 있다. 우리가 모두 같은 반이었던 1학년 때였다. 한문 숙제로 각자 자신을 가장 잘 나타내는 사자성어를 찾아 발표하게 되었는데, 그 숙제를 같이 하다가 서로가 서로에게 말도 안 되는 네 글자를 호로 붙여 주었다. 하루 종일 깔깔 웃는 애가 공부를 너무 잘해서 깔깔천재, 돌다리도 천 번은 두드려

167

봐야 맘 놓고 건널 것 같아 오만신중, 덩치가 크고 퉁명스럽지만 그게 또 귀엽기만 한 퉁명곰탱, 그리고 나는 희희낙락. 이걸 만들 때 우리는 정말 즐거웠다. 기진맥진할 정도로 웃고 떠든 뒤에 우리는 서로 티격태격하기도 하고 시시껄렁한 농담을 하기도 하는 그런 친구 사이가 되었다.

앞에서는 교장 선생님의 훈화가 계속 이어지고 있었다. 나는 손을 아래로 숨기고 친구들의 톡 아래에 내 톡을 붙였다.

—우리, 호를 다시 지을래?

요술공주들이 너도나도 한마디씩 거들었다.

—그러자! 이제 고딩인데.
—고딩은 중딩하고 완전 달라.
—당연하지. 애 쪽이 아니라 어른 쪽에 치우친 나이지.

지나에게도 따로 호를 하나 지어 주어야겠다고 나는 생각했다. 지나는 어떤 사람일까, 무슨 생각을 하면서 살까? 나는 이제서야 지나가 진심으로 궁금해졌다. 내가 지나와 하고 싶은 것 말고 지나라는 존재 자체에게 바랐던 것은 뭐였을까? 세상과 차단된 껍데기 말고 밀폐장치 속 지나의 진짜 얼굴은 어떻게 생겼던 걸까?

지나에 대한 물음은 꼬리에 꼬리를 물고 이어졌다. 그러면서 오늘 처음 목격한 나의 얼굴도 점점 더 또렷해졌다. 지나를 생각하는데 나 자신이 선명해지다니. 참 신기한 일이었다.